西顿野生动物小说全集

# 麻雀兰迪

## MA QUE LAN DI

［加拿大］欧·汤·西顿 著

庞海丽 译

畅销经典

艺术体裁　蕴含哲理　开阔眼界

吉林出版集团股份有限公司
全国百佳图书出版单位

# 目　录

# 麻雀兰迪

## 一

　　纽约第五大道旁边的水沟里，五六只麻雀正使劲地争吵着。

　　好一会儿，它们才从水沟里飞了出来。它们为什么争吵？人们只要看上一眼就明白了。原来，在这几只麻雀当中夹杂着一只母麻雀，而另外几只都是公的，于是，几只公麻雀都来纠缠这唯一的异性。

母麻雀烦透了，它把那几只公麻雀都赶得老远，看来没有一只是它能看上眼的。

很快，这些麻雀又都飞到了附近的建筑物上。这时，那只母麻雀的翅膀底下露出了一片白色的羽毛，一闪而过。麻雀身上的羽毛颜色都一样，一般很难把它们区分开来。幸好这只母麻雀身上有此标记，以后我才能认出它来。实际上，那几只公麻雀似乎也是凭那片白羽毛才注意它的。

我的孩子喜欢鸟儿，我便在院子里立了一根柱子，并在柱子上钉了一个小木箱。

有一天，一只公麻雀飞来了，它看中了这个小木箱，准备在此筑巢了。只有一只公麻雀筑巢，这事儿很不寻常。除此之外，它还有很多的地方与众不同呢。

譬如，这只麻雀只运过来一些小枝条；又譬如，它竟然像金丝雀那样唱歌。

后来，住在第六大道的一位理发师告诉我，这只麻雀是和金丝雀一起被喂养的，后来它逃出来了。

　　原来，这位理发师特别喜欢养鸟。他喂养了几只金丝雀。有一年，他往金丝雀的窝里放了一只麻雀蛋。不久，便孵出了一只麻雀雏鸟，由于养育它的是金丝雀，所以这只麻雀便学会了金丝雀的歌声，从此就像金丝雀那样歌唱了。

　　另外，金丝雀的巢是用柳枝筑成的，所以这只金丝雀养大的麻雀筑巢时也学它们的样子，只是搬来一些小树枝。

　　这只麻雀长大以后，很受理发的客人们欢迎。金丝雀们一唱歌，它就粗暴地打断它们，自己大声地唱了起来；让它看一眼金丝雀的标本，它也会像跟谁比赛似的高声唱起金丝雀们的歌。

　　有一天，放置鸟笼的搁板坏了，鸟笼掉了下来，麻雀和金丝雀全逃了出去。金丝雀们都很温顺地被抓了回去，只有那只麻雀不管不顾地飞走了，它想过自由的生活。

# 二

由于这只逃跑的麻雀脾气火暴，总是不让养育它的金丝雀们唱歌，于是人们就给它取名为兰迪，就是粗暴的意思；另外，由于它唱起歌来很好听，所以它有时也被叫作贝尔特兰——这个名字很有歌星的味道。

在我家院子里筑巢的麻雀就是兰迪。

兰迪用了一个星期的时间筑好了巢，巢的材料完全仿照金丝雀，都是一些小细枝。毕竟它只见过金丝雀们的巢，它们的巢都是用小细枝编成的笼子。

没过多久，兰迪就带回来一只母麻雀。这个新娘子很面熟，我仔细一看，不禁大吃了一惊，它的翅膀底下竟长有一根白羽毛，原来它是那只在水沟里同很多公麻雀吵架的母麻雀，它的脾气也不太好。我们也给这个新娘子取了名字叫贝蒂。

贝蒂多半是被兰迪那优美的歌声打动后才同意做它的新娘的。

　　兰迪把新娘贝蒂请进了自己筑造的巢里，可是贝蒂刚进去就立刻飞了出来。兰迪又喋喋不休地呼唤了很长时间，终于再次把贝蒂给唤进去了。

　　但这次贝蒂又飞了出来，并且还生气了，嘴里叽叽喳喳的，似乎在骂着什么。

　　兰迪只好使劲地劝慰它："亲爱的，别生气了好不好？快到我这里来吧！"于是，贝蒂絮絮叨叨地发着牢骚，再一次飞进了巢里。但这次它却叼着小树枝飞了出来，然后，把它扔到了地上，赌气飞走了，不知去了什么地方。

　　兰迪也跟着飞了出来，看样子特别沮丧。自己经过很长时间、费了很大力气才筑好的巢，却不能令新娘子贝蒂满意。

　　兰迪原本对自己筑出来的巢很满意，这次却遭到了沉重的打击。老半天，它一直就在巢穴口那儿无精打采地站着。

　　过了一会儿，兰迪似乎仍不死心，大声地鸣叫起来，似乎在对远方呼喊：亲爱的，回来吧！请你快回来！

但是，无论它怎么呼唤，它的新娘子也没有回来。

三

　　知道新娘贝蒂不会回来了，兰迪停止鸣叫，回到了巢里。然后，它从里面叼出一根很大的树枝扔到了地上。

　　接着，兰迪又出入巢穴好几次，直到把里面的小树枝全都扔出来为止。在这些小树枝当中，居然还有一根带杈的。兰迪忙活了一个小时，把它花了一个星期搬运回来的小树枝全扔了。

　　它最后看了一眼已变成了空壳的鸟巢箱，瞅了瞅被扔到外面堆成了一个小堆儿的枝条，短暂而尖锐地叫了一声之后，拍着翅膀飞走了。那短促的尖叫声大概是麻雀间的一句粗话。

　　第二天，兰迪又带着贝蒂飞回来了。贝蒂进了鸟巢箱里，马上又出来了，它瞪着那些被扔到了地上的小树枝看了半天，然后又返回鸟巢箱，把里面残余的小枝条也都扔到了地上。看着这些可恶的枝条被一扫而空，贝蒂终于露出满意的神色。贝蒂又来回出入鸟巢箱十次，之后便和兰迪一起飞了出去。过了一会儿，两只麻雀又一起飞回来了。

贝蒂嘴里叼满了干草，兰迪只叼回来一根麦秸。它们把新的筑巢材料都运进鸟巢箱后，又一起飞出去搬运去了。

现在兰迪特别听贝蒂的话，所以有时贝蒂就单独留在鸟巢箱里，用兰迪运回来的材料筑巢，只有它回来得不那么及时的时候，它才出去寻找材料。

我想做一个小实验，就在窗户外面并排挂了三十根五颜六色的丝带。兰迪最先叼走了一根，贝蒂接着也叼走了一根。

一开始，它们都选颜色暗的叼，等颜色暗的没有了，贝蒂才开始叼颜色明亮的。

但是兰迪却对颜色明亮的丝带不感兴趣，一心只想挑选那看起来像小棍一样的暗色丝带，看来它还是喜欢小棍和小树枝。

有一次，兰迪忍不住带回来一根小枝条。它以为只放进去一根不会有什么问题，可是贝蒂还是不容分说，立刻就把这根小枝条扔到了外面，那样子分明在说："你给我听好了，我说不行就是不行！"

## 四

新娘子贝蒂发现自己的丈夫兰迪居然对作为麻雀所应该知道的事情都一窍不通。除了不懂筑巢要用的材料外，还有好多事情也不懂。

有一天，贝蒂带回来一些羽毛，兰迪一见，勃然大怒。于是兰迪趁贝蒂不在家的时候，把这些羽毛扔到了外面。当时正赶上贝蒂带着新羽毛飞回来。看到巢外那纷纷扬扬的羽毛，贝蒂立刻惊慌失措地追上去。它把这些羽毛都叼到嘴里，才回到巢穴。在入口处，正好和正在把羽毛往外叼的兰迪碰到了一起："你这是干什么？""这得问你！居然弄回来这么些破玩意儿！"

两只麻雀为此叽叽喳喳地大吵起来，嘴里叼着的羽毛到处乱飞。它们吵得惊天动地，持续了很长时间，终于，兰迪败下阵来，决定听贝蒂的。看来，就连狂暴的兰迪也不敢得罪脾气火暴的贝蒂。

第二天，兰迪跟着贝蒂一起，把外面散落的羽毛都拾起来叼回了窝里。

可没过几天，兰迪的老毛病又犯了，趁贝蒂不在家时又想把小树枝叼到巢里去。

它先向四周张望了一下，又试着叫了两声，在确信贝蒂没在近处后，就飞到了之前扔到地上的一堆小树枝那儿，叼起那根带杈的，飞回了巢里。往里进的时候，小树杈被卡住了，费了老大劲儿，总算弄进去了。

接下来，它还要在贝蒂回来以前，把那根小枝条藏起来。

藏好之后，兰迪就飞到外面，它先耸着肩膀观察了一下四周，又整理了一下自己的羽毛，然后晃动身体得意地唱起了金丝雀之歌，一唱就是好几首，不光如此，还用新的曲调反复试唱了好几次。显然，它已经陶醉其中了。不久，贝蒂又叼着羽毛回来了，兰迪心情愉快地把妻子迎回了巢中，然后又帮着贝蒂把带回来的羽毛铺在了巢里。

这样，它们俩的新家总算建好了。

过了两天，我往巢里一看，里面居然有一只鸟蛋。真是可喜可贺！

## 五

按理说，麻雀若是看到有人在窥视自己的巢，就会使劲地叫喊。但我去看兰迪和贝蒂的窝时，它们只是躲在很远的烟囱后面很担心地看着。

第二天，这两只麻雀不知怎的，在鸟巢箱里使劲地叫了起来。我不知道发生了什么事，就走了过去，想看个究竟。往里一看，发现贝蒂正使劲地向后躲着，但它立刻又被什么东西拉进了巢中，一会儿，它又走了出来，嘴里叼着那根被丈夫看成宝贝一样的树杈，它把那根树权使劲拽出来后，就像跟它有仇似的狠狠地丢到了地上。

　　兰迪背着妻子藏起来的那根带权的小树枝，终于被妻子发现并扔掉了。不过，一只珍贵的鸟蛋也一起被带了出来，摔碎了。贝蒂和兰迪对这只摔碎的鸟蛋并不怎么上心，因为它们又新下了五只蛋，正在巢里并排躺着呢。

　　我想再做一个实验，如果往巢里放上一颗类似鸟蛋那样的石头会发生什么事呢？第二天，我趁两只麻雀都不在的时候，偷偷地把一颗玻璃球放进了它们的巢里。

　　我不知道接下来发生了什么，可是隔一天早晨，却在第五大道碰到了一件很不寻常的事情。

　　就见道边儿挤满了人，大家都在往水沟里看。

　　我从人缝儿往下一看，发现两只麻雀正在水沟里使劲地打架。它们根本不理会这些旁观者，正揪住对方扭打在一起。不久，它们分开了，用尾巴和翅膀立了起来，一边呼呼地喘着气，一边仇视地盯着对方。我仔细一看，吓了一跳，那两只麻雀居然是兰迪和贝蒂！眼看它们两个又要打到一块儿去了，这时，围观的一个人"嘘"了一声，正想出其不意地抓住它俩，没想到这两只麻雀立刻飞到了附近的房顶上，在那里又继续争吵了起来。

当天下午，我在鸟巢箱下面发现了一颗玻璃球。显然，它是被贝蒂丢出来的。被扔出来的东西还不止这一样，为了撒气，巢里的那五只鸟蛋也全被扔出来摔碎了。

我早晨看到这两只麻雀吵架的那一幕，大概就是由巢里的那颗玻璃球引起的。

它们俩打架竟打到了把自己下的五只鸟蛋都扔了的地步！

不久，它们又和好了。这次，两只麻雀放弃了那个鸟巢箱，由贝蒂做主选择筑巢的场所。它们选中了麦吉逊广场正中悬挂的电灯罩。

六

大风连续刮了好几天。不过，兰迪和贝蒂的筑巢进度却未延缓，仅用了一周的时间，巢就筑好了。悬挂着的电灯总是摇摇晃晃的，下面还吊着闪闪发光的灯泡，但这些都不碍事。

可这个新巢它们也没能住上多长时间。

灯泡里面的灯丝断了，来换灯泡的电工把这两只麻雀的巢和旧灯泡都扔到了一边。

自古以来，麻雀的生存本领就很强，无论发生了什么事情，它们都毫不退缩。贝蒂和兰迪断然抛弃了这个被毁掉的鸟巢，之后，它们又盯上了麦吉逊广场公园里的一根榆树杈。

当时，有一对声名狼藉的麻雀夫妇，它们的巢就筑在广场对面一侧。特别是那只公麻雀，尤其令其他麻雀讨厌。它个头很大，喉咙以下有一大块黑颜色，看上去就像系着一根黑色的领带一样。

那只领带麻雀身强力壮，它娶的老婆是最漂亮的母麻雀，筑巢的地方和所用的材料也是最好的。

广场的麻雀们心仪的筑巢材料是珍珠鸡的羽毛。最初，不知是谁从特拉尔·帕库动物园带回来了一些，可是现在，这些羽毛却都铺在了领带麻雀的巢里。领带麻雀的巢筑在新建银行门前的大理石柱子上，不愧为麻雀的高级住宅。

领带麻雀在广场一带耀武扬威地生活着。可是有一天，它听到了兰迪唱的金丝雀之歌，立刻就飞了出去，准备找碴儿打架。

兰迪以前虽说脾气也不好，可它却不是这只领带麻雀的对手。

打了胜仗的领带麻雀肆无忌惮地飞进了兰迪的巢里，想带走两三根带颜色的绳子。

这惹恼了兰迪，它重新振作起来，鼓足了勇气，又一次向领带麻雀飞扑过来。

见它们打得那么凶，其他的麻雀也都飞过来了，万万没想到，它们竟然做起了帮凶，帮着领带麻雀攻击起了兰迪。也许是由于兰迪刚来这个广场的缘故吧。

眼看兰迪被欺负得一塌糊涂，无反抗之力时，有一只翅膀下露出一片白羽毛的小母麻雀径直飞进了打架的行列，正是贝蒂。贝蒂横冲直撞地飞来飞去，那些之前还在饶有兴趣地欺负兰迪的麻雀都吓得逃走了。领带麻雀尾巴上的羽毛被贝蒂给拔了下来，最后，孤立无援的它又被兰迪痛打了一顿。


# 七


贝蒂把领带麻雀赶跑了之后，似乎还是不解气，于是又飞进了领带麻雀的巢穴，把珍珠鸡的羽毛都夺了过来，连带着拔了领带麻雀身上的羽毛，将它们都做成了自己筑巢的材料。

贝蒂与兰迪选择在榆树上筑巢的时候已经错过了筑巢季节。好的筑巢材料已经很难找到了，羽毛根本找不到几根。但是很快，贝蒂就发现了一种能代替羽毛的好东西，原来，在广场十字路口那儿停靠马车的地方有一些落在地上的马毛。

兰迪和贝蒂马上飞出去收集那些马毛。马毛很长，它俩得把一根折两三折才能叼住，还得把马毛绕在头上一圈儿，这样一来，运起来就方便多了，一次能运上两三根。

　　广场上有些鸟就是用马毛筑巢的，贝蒂也许是看了它们的巢以后才受到启发的。不过，如果那些鸟看见贝蒂和兰迪把长长的马毛绕成圈儿地运送，一定会替它俩捏把汗。因为那样做会缠住脖子的。

　　贝蒂和兰迪把马毛当成麦秸使用了，幸好什么事也没发生。不久，巢就筑好了。

　　我不知道贝蒂是用什么办法通知兰迪不用再去弄马毛的，总之，巢一筑好，兰迪就停止搬运了。

　　由于现在无事可做，兰迪就停在了附近铜像的头上，开始唱起它特别喜欢的金丝雀之歌，这次它想换个调儿试唱一下，于是就清了清嗓子，特别卖力地唱了起来。

　　兰迪唱得正投入时，突然传来了贝蒂尖锐的叫声。兰迪赶紧往自己的巢那边瞧，发现贝蒂飞到了巢附近。可是不知为什么，贝蒂只飞出了距离巢边一丁点儿的距离就飞不动了。

　　兰迪大感意外，赶紧飞过去想看个究竟。原来，贝蒂的头被马毛给缠住了，而毛的另一端已经同巢牢牢地粘在了一起。

兰迪不知如何是好，只是一个劲儿在贝蒂周围乱飞乱叫。平时它们虽然老是吵架，可是兰迪还是爱贝蒂的，因此，它开始想方设法地帮贝蒂，兰迪拽着贝蒂的脚试着往外拉，可是却帮了倒忙，贝蒂的头反而被缠得更紧了。渐渐地，贝蒂闭上了眼睛，停止了挣扎。

## 八

兰迪一开始怎么也不相信妻子就这么死了。直到第二天，看到贝蒂仍一动不动地吊在鸟巢的外面，它才算死了心。

兰迪脾气暴躁，也不是一只聪明的麻雀。由于打小被人饲养惯了，对人和车都不加以防备。就在失去妻子的当天下午，兰迪正在道边呆呆地站着，不知怎的，尾巴就被一辆邮递员骑来的自行车给轧住了，它慌忙想躲开，可右边的翅膀却被车轮轧得不能再飞了。

兰迪一边"吧嗒吧嗒"地扇动自己的翅膀，一边向着那片能遮挡住自己身体的树荫蹦去。就在这时，有一个牵着小狗的小姑娘恰好路过这里，发现了受伤的兰迪，于是就和小狗一起追了过去，把兰迪抓住了。

小姑娘把兰迪带回家后，放到笼子里精心地喂养起来。

兰迪的身体又恢复如初了。它开始鸣唱起来，歌声竟跟金丝雀们的一模一样。

小姑娘听了后非常吃惊，她的家人也被吓了一跳。附近的人都在议论这件事，不久，报社的记者也慕名前来采访。

兰迪的故事被登在了报纸上，饲养过兰迪的那个理发师从报纸上看到了这个消息。

理发师立刻就带了很多他请来的证人去索要兰迪。理发师说："那只麻雀以前一直是在我的店里养着的，后来才飞了出去。我带来的这些人都知道这只麻雀会唱金丝雀的歌，他们每个人都听过。"小姑娘就把麻雀还给了理发师。兰迪又回到了理发店。

兰迪重新被理发师装回了笼子里，过起了同以前一样的圈养生活。

鸟笼里的生活十分安稳，兰迪再也不用担心找不到食物了，每天只要唱唱歌就行了。它就跟进了音乐学校一样，这里随时都有食物可吃，周围还有很多教唱歌的金丝雀老师。

兰迪还是会经常收集一些小棍棍筑巢，但是，无论是谁走到它跟前，它都像是做了坏事被发现了一样，悄悄地从巢边躲开了。另外，如果有人往它的笼子里放进去两三根羽毛，兰迪就会把羽毛叼回巢里。可是一到第二天早晨，它就把这些羽毛全都扔到外面去了。

看到兰迪在筑巢，理发师就以为兰迪想要娶妻了，于是往笼子里放了一只母麻雀。可是，无论他放进去的是一只什么样的母麻雀，兰迪都会横冲直撞地乱飞，理发师只好赶快把那些母麻雀拿出来。

兰迪继续唱着金丝雀之歌。可是，看起来，那竟像是它的战歌，只要理发师一拿来公麻雀的标本给它看，它就会劲头十足地唱起来。

现在，兰迪就好像吃了一辈子苦的人，上了年纪之后，独居在一个小房子里，靠着自己所喜欢的音乐来打发余生。

# "沙漠妖精" 迪普

## 一

美国加利福尼亚州有一片辽阔的莫哈比沙漠。

虽然是沙漠，其实它并不是一般意义上的只见风沙不见树木的那种沙漠。这个沙漠里生长着一些草和低矮的灌木，但不多，也能看到一些仙人掌什么的。再往远处看去，稀疏的植物重重叠叠，就跟绿色的平原一样。

总之，这里并不是阿拉伯那种真正的沙漠，但很多地方还是覆盖沙土，完全是一片荒地。这里，冬天，风沙尘土漫天飞舞；夏天，太阳毒辣辣地炙烤着大地，热得就像着了火一样。

放眼望去，荒无人烟，只有那漠漠荒野一直延伸到遥远的天际。

但是，就是在这种恶劣的环境里，春天一到，竟也会出现一片生机勃勃的景象：稀疏的植物一齐开了花，这些花都非常小，显得格外朴素而毫不张扬。但这些名不见经传的野花却集中了天下所有好看的颜色，红色、黄色、蓝色、粉色、紫色等，各种颜色在这里都能找到。平时一片荒凉的土地，春天花一开，美得简直令人窒息。整个大地都被装点得光辉灿烂起来。

放眼望去，山峰重重叠叠，浸染着一层淡淡的紫色霞光。山上虽都是岩石，但冬天残留下的积雪仍覆盖在山顶上，泛着亮眼的银光。

天黑下来后，四周就笼罩在一种神秘的气氛中了。当月亮升上了天空，整个荒野都笼罩在月光之下，夜晚的世界开始变得生机勃勃起来，似乎什么活物也没有的世界，此时突然活跃热闹起来。

兔子、松鼠、老鼠、蜥蜴都在此时偷偷地溜了出来。这类动物虽说在白天有时也会露面，但显然夜晚活动更坦然。

夜晚出来活动的还有一些大块头的动物，比如山狗、狐狸、獾等，此外还能看到猫头鹰在夜空翱翔。

动物们总是在夜晚重复上演一幕幕追逐与被追逐的戏剧。到了早晨，太阳升起，它们就一同消失了，沙土上只留下了它们那形态各异的脚印。那脚印，大的，小的，奔跑的，行走的，下脚重的，走路轻的……总之，什么样的脚印都有。在这些形态各异的脚印当中，有一串脚印显得格外小，特别可爱，简直就像在沙子上勾画出的一道锁链一样。

这种奇怪的脚印，到底是什么奇怪的动物留下来的呢？

## 二

在一个星光灿烂的夜晚，地面上有一块小石子似乎动了一下，这石子非常小，小得可以放在人的手心里。但仔细一瞧，那不是石子，而是一只小动物，拖着一条长长的尾巴，尾巴尖还垂着一撮白穗子。那尾巴摇起来时，简直就像一面小白旗在随风摇摆，它跟老鼠差不多大小，一双大眼睛滴溜滴溜转动，看上去特别可爱。

但仔细看时，它却又与普通的老鼠不太一样，它的后脚要比前脚大很多，跟袋鼠一样。

这个可爱的小动物是老鼠的同类，因为它长了一双大脚，所以被人们称为袋老鼠。

原来在沙子上留下可爱的链子脚印的妖精，正是这只小巧漂亮的袋老鼠呀。

我们给这只沙漠里的小精灵起了个名字叫迪普。接下来就让我们一起来偷偷地看一下它是怎么生活的吧！迪普现在正在用前脚不断地挖着地面，它蹲下身子，拼命地挖。在不太明亮的光线下看，它真的像一块小石头在跳动。

过了没多久，迪普就从土里挖出来了一个小东西，那是一条蛴螬虫。这条香喷喷的虫子立刻就被迪普吃到了肚里。沙漠里没有水，迪普也就从不喝水。但对动物来说，一点儿水没有是无法生存下去的，所以迪普就找蛴螬虫吃，来补充体内的水分。总的说来，蛴螬虫就像是迪普的救世主一样。当然蛴螬虫不光是救世主，它还是一种食物，一种富含营养和水分的食物，或许也可以说它是类似于水果的食物。

当然，迪普也吃植物，那些植物离迪普的巢穴都很近，有很多种。

吃完了虫子，迪普就在附近的矮树枝上蹭起了肩膀，空气中随即散发出一股淡淡的麝香味道，这是迪普留下的记号。

这种味道是它和朋友们联络的信号，还能用它来识别自己的居住地。

突然，一片巨大的黑影向迪普兜头盖了过来——是一只沙漠狐。

迪普"嘭"地快速弹到了空中，左一下右一下，就像乒乓球一样在空中跳来跳去，它一边跳一边以极快的速度向远处跑去。这极快的速度和良好的弹跳力正是迪普用来保命的最强大武器。

那只狐狸立刻就被它远远抛在了后面。

三

迪普如离弦之箭把那只狐狸抛在了后面，可它离自己的洞穴也相当远了。

但过不久，它就不差毫厘地回到了自己的家。放眼望去，这片荒野哪儿的景色都差不多，迪普到底是怎样找到它的家的呢？原来迪普的脑袋里长有一个奇怪的定位装置。在迪普耳朵两侧各有一个蓬松的凸起，这是由于那个位置的骨头长得支出来的缘故，就在那支出来的骨头里面，充满了一种奇怪的液体，这种液体里漂浮着一种小针样的东西。此外，这里还集中着大量的神经组织，这些神经组织可以指挥它向哪个方向跑。所以不管迪普跑多远，所走的路线有多么复杂，它总能准确无误地返回自己的家。

迪普钻到了一个开口露在地面的小洞里，它的家就造在地底下。它在土里打通的隧道很长，在中途还有好几个分支。

在隧道的顶端，迪普挖出了几个宽敞的空间——一个大厅和一个小房间，还有铺满干草的仓库，那也是食品库。

这样的食品库迪普造了两三个。这样一来，即使有外敌跑来堵在洞口，或者外面吹着刺骨的寒风，或者暴雨下个不停，迪普不用出去寻找食物，也能衣食无忧。

在这个地下之家里，迪普竟然还修了厕所。一般的动物不会这么做，因为外面天大地大，都可以被它们利用。但是迪普家却有这套装置，而且居然有三个。对人类来说，装了三个洗手间的人家大概也不太常见吧！迪普咚咚地沿着隧道往地下跑去，距离地面一米深的地方出现了一个很大的屋子，这个屋子只有人的手心那么大，里面垫着软软的席子，席子上铺满了羽毛。迪普现在就把叼来的羽毛放在了那里。

这里是迪普的卧室，地面上无论天寒地冻还是艳阳高照，这里都不会有任何影响。

隧道的长度总共有两米半，可令人吃惊的是，在地面上开的出口加在一起竟有十多个，那简直可以称得上一个地下大豪宅。实际上，迪普的这个家是经过迪普家族几代共同建立起来的。对迪普来说，这个豪宅既是家又是一座城堡。

## 四

有一天，莫哈比沙漠出现了一个从来没见过的动物，它用两条腿走路，个子特别高。不用说，那是一个人。

这是一个酷爱沙漠的男人。他手里拿着一个有盖的篮子。

因为男人听说这个沙漠里住着一种很可爱的小动物，所以他才决定要过来看一看。白天或许很难看到它，但却能看到它留下来的脚印。于是这个男人在沙子上，一边费劲儿地寻找着那些脚印，一边往前走。可是那些脚印却都消失不见了。原来夜晚刮起了大风，那些脚印全都被吹没了。

男人蹲下身子，发现沙子上露出的那些小洞。那都是一些不起眼的洞，可是对这个男人来说，却是了不起的线索。男人把他带着的像篮子一样的东西放在了洞口前面，然后就离开了。

到了晚上，迪普就从小洞里露出了它的小脑袋。一些很好闻的味道飘了过来，这东西迪普以前从未见过，可它却被这种好闻的味道吸引着，钻进了篮子里。哇，都是它以前从没见过的好吃的！葡萄干啊，还有奶酪。

迪普一跳进篮子里，就听到"吧嗒"一声响。

它慌忙地想再跳到外面去，可是怎么都找不到出口了。其实那是篮子形的圈套，里面有一个装置，迪普一跳进去，它就自动关闭了。

迪普想方设法要跑出去，但却始终不能如愿。

第二天白天，那个男人又来了。

男人一看到篮子里那被活捉的小动物，不禁心花怒放。多么娇小可爱又美丽的动物啊！以前他也曾看到过形形色色长毛的动物，可他还从没看到过如此美丽的小动物。

它身上黄茸茸的，就像披挂着一件明亮的黄色斗篷，前爪雪白雪白的，像是戴了一副白手套，后脚也是白白的，像是穿了一双白色的拖鞋，前胸同样一片雪白，像穿了一件白色的马甲，一双跟羚羊一样的湿润的大眼睛，长长的尾巴上带有条纹，尾巴尖上还有一串白穗子，就像一面小白旗。

男人拎着装有迪普的篮子回到了牧场。

一回到牧场，他就把那个篮子门打开了，同时把手悄悄地伸了进去。

迪普蹲在篮子的最里面，用一双稚气的大眼睛盯着伸向自己的人手。

男人把迪普紧紧地握在了自己的手里。

迪普只稍稍挣扎了一下，就不想再反抗了。

这个人把迪普从篮子里拿出来后，就把它转移到了

一个大围栏里。

## 五

装迪普的围栏大得足可以容下一个人。

迪普立刻飞快地奔跑起来。它把两只白色的前脚都缩在了胸前，两只后脚一蹦一蹦的，就像一条流线一样。长长的尾巴从后面向上卷着。然而，无论朝哪个方向跑，它都会碰到一面围墙，然后就再也不能前进了。

一旦知道四面都没有出口，迪普立刻就往上跳了起来。它换了六个不同的位置，一共跳了六次，可是，每次跳起后，它的头都会撞到顶棚而摔下来。

过了一会儿，男人来到了这个围栏旁边。

"咕呜呜咿咿……"男人的口中发出了这种慈爱的声音。他一边不停地呼唤着，一边把手悄悄地放进了围栏里，悄悄地伸向迪普，迪普把身体蜷缩起来，蹲了下去，它刚想逃，男人的手就不动了。

男人一边不停地发出"咕呜呜咿咿"的慈爱声音，

一边用手抚摸着迪普的小脑袋，一会儿就从围栏里把手抽了出去。"咕呜呜咿咿"这种叫声，是在向对方传达一种善意："别怕，我只是想做你的朋友。"接下来男人在他的手心里放满了好吃的，又把手伸进了围栏里。

迪普一直盯着这堆食物。男人把手放在了它的后背上，开始抚摸它。这回迪普完全放心了，从男人手里叼起一块可口的食物吃了起来。

男人以为迪普已经把他当成朋友了，可是一到了夜里，迪普却还是想方设法要逃离这个围栏，整个晚上都在围栏里跑来跑去。

天一亮，男人就把迪普轻轻地抓了出来，把它带回了沙漠，他把迪普放到地上后，轻轻地把手撒开了。但是，迪普只是呆呆地看着四周，没敢跑。男人又把手悄悄地伸了过去，抚摸着这只小动物，可迪普还是那么一直蹲着，就像是被施了魔法一样，一动也不动地待着，任由男人抚摸。过了一会儿，男人"啪"地使劲拍了一下双手，这下子，就像是解开了魔法一样，迪普往上高高地一跳就跑开了。

太阳像燃烧着的一团火球一样，沉没在远方的山影里。迪普像风一样奔跑在黄昏的荒野上，渐行渐远。

迪普现在重又获得了自由。它冲着沙漠里自己的那座地下城堡跑去，很快就不见了。

## 六

不一会儿，迪普就回到了自己的城堡。它先补了一觉，让身体充分地得到休息。

接下来的几个傍晚，迪普都小心翼翼地通过暗暗的隧道走近出口。那只是十个出入口中的一个，别的出入口都被沙子给堵住了。

迪普终于刨开沙子打通了洞穴，从洞里偷偷地探出头来，窥探着四周的动静。见没什么危险，它就从洞里出来了。出来后，它又顺着风向，嗅了嗅附近的味道，透过朦胧的夜色，它仿佛看到前面那小片灌木丛的阴影里，隐藏着一只山猫或山狗。更远处，那一根像放倒的树根一样的东西似乎是一条响尾蛇。再看一下附近，也没有敌人。

迪普放心了，就"嘭嘭"地跳起来，出去寻找食物了。在途中它找到了一只蝗虫，就把它吃进了肚里。蝗虫在这片荒漠上被称为"沙漠之虾"。除此之外，它又吃樱草、琉璃苣和蛹壳，然后又吃了点儿芥末叶沙拉，最后拿各种豆类和草莓当点心，迪普的饭食还是蛮丰富的。

过了不多久，迪普又来到一个长着茂密蒿草的地方。它把身体往草茎上蹭了一会儿，留下了自己的体味作为记号。迪普结婚之后，留下这个记号是为了告诉它的丈夫自己曾去过那里。

迪普使劲往上一跳，瞪大眼睛环顾四周，可是它的运气不好，被一只猫头鹰发现了。

猫头鹰立刻以迅雷不及掩耳之势袭击过来，但迪普逃得更快。它使劲往前跳了两下就安全地跳进了仙人掌的阴影里，同时，它用后脚"咚嗒咚嗒"地拍打着地面，就像敲鼓一样有节奏。这是一种信号，告知它的丈夫和朋友们"有危险"。

那只猫头鹰没有捕到猎物，就向远方飞走了。

迪普这才从草丛里钻出来，把它那像戴着一副白手套一样的前脚非常文雅地举到前胸部，蹦蹦跳跳地跑开了。

不久，它看见一根细长的尖草顶端结了很多草籽，便把那些草籽捋了下来，然后一把一把地放到了嘴里，两侧的腮帮子很快就鼓了起来。

现在，迪普的脸形变得特别夸张。脸上的袋子对它来说，成了运载食物最方便的手提袋。

## 七

迪普继续寻找着食物，偶尔还会弹跳起老高。

这时，它看到了一个奇怪的东西，一个红色的月亮居然掉到了地面。

迪普小心翼翼地靠近一看，发现那不是什么月亮，而是人类点燃的篝火，近处是那个曾抓过迪普的大生物和跟山狗一样的动物。不用说，那是人类和他带来的狗。

狗看到了迪普，于是悠闲地向它这边走过来，迪普就逃跑了。过了不长时间，响起了"咚"的一声，往远处看，只见有一面白旗在摇来摇去。迪普又叩击起地面，摇起了尾巴上的白旗。之后，两只袋老鼠互相走近了，其中一只就是迪普的丈夫。

正当两个小家伙把胡须碰到一起互相问候之时，突然，天空一下子暗了下来，山狗扑过来了。

迪普的丈夫赶紧钻到了山狗的身子下面，迪普则跳入了旁边的一个茂密草丛，山狗又向它扑了过来。迪普迅速从草丛里跳出，飞快地跑了起来。

山狗在后面追着。可是它不会像迪普那样曲曲折折地跑，所以只一会儿工夫，就再也看不到它的猎物了。

迪普回到家，没多久，就听到在入口处传来"嘎吱嘎吱"的抓挠声。迪普走过去，用脚跺了三次地面，很快，熟悉的信号传了回来。于是，迪普从里面刨开入口处的沙子，把它的丈夫迎回了家。两个小家伙打过招呼之后，就一起用沙子把家门口堵了起来，然后走进了安全的地下城堡。

# "小矬子"宾果

## 一

吃完早饭，我就躺倒在椅子上，透过窗子向外望去。

外面已是一片银白色的世界。才十一月，加拿大的曼尼托巴已经是冬天了。这里有一片牧场，透过窗子就能看见外面的牛棚。雪覆盖了一切，到处是白茫茫的。

我收回目光，心情愉快地把目光移到了墙上。墙上钉着一张纸，上面写着一首关于富兰克林的小狗的古诗：

> 富兰克林的小狗
>
> 跳过牧场的板门
>
> 大家为它起了个名字
>
> 小矬子"宾果"
>
> 大家都叫它小矬子"宾果"

这首诗不知道贴在那里多久了，我一边读着，一边向窗外望去。

突然，雪野上跳出来一只灰色的大家伙，被一只黑白斑杂的狗从后面追赶着跳进了牛棚。

"有狼啦！"我不禁大喊一声，从椅子上蹿了起来，抓过我那把来福枪，向外面跑去。

我想去给那只黑白狗帮个忙。

当我刚跑出去时，狼已从牛棚里跳了出来，向茫茫雪野狂奔而去，那只狗也以迅猛之势紧追不舍。

狼很快就被狗追上了，见无法脱身，狼便转身与狗战在一处。那只狗是我们的邻居饲养的克林狗。

我站在远处放了两枪。听到枪声，狗和狼又跑了。

过了一会儿，狼又被狗追上了，还被它咬到了屁股。狼扭头想咬狗，可狗却快速地躲开了。

狼拼命在前面跑，狗死命在后面追，追上了就咬，然后又跳开……有好几个回合。

我终于追上了它俩，狗的精神为之一振，猛地向狼扑去，然后，把狼掀翻在地，咬住了它的喉咙。

我迅速跑了过去，对准狼的脑袋就是一枪。

狗胜利完成了任务，便头也不回地向自己的家跑去。

我对这只狗的出色本领充满了爱慕之情，于是，我立刻拜访了它的主人。

"把你的狗转让给我吧。"我向它的主人提出了购买要求。

但是狗的主人却不想把它卖掉，他对我说："你为何不买一只富兰克生的小狗呢？"富兰克就是这只勇猛无比的狗的名字。

富兰克是一只公狗，它的老婆前不久刚给它生了一个孩子。那只小狗长得很像一只小熊崽，浑身长满黑毛，圆滚滚的，嘴巴尖上还长有一个非常特别的白圈圈，看上去非常可爱。

我把这只小狗买回家后，就一直在想着给它起个什么名字。这时，我猛然想起了墙上钉的那个诗句："富兰克林的小狗……"这只小狗的父亲是一只名叫富兰克的狗，"大家为它起了个名字，小矬子'宾果'……'宾果'……"想到此，我决定给这只小狗起名叫宾果。那一年是一八八二年。

事情已经过去很多年了，现在想起它小时候的样子，不禁感慨万千。


## 二


宾果胃口很好，它特别爱吃东西，所以长得更胖了，也一天比一天笨拙。

宾果非常喜欢搞恶作剧，它自己却很愚笨，它用鼻尖去碰捕鼠器，立马被弹了回来，疼得它嗷嗷直叫，可如此惨痛的教训，没过一会儿，它就忘得一干二净了，很快又一脸无辜地走近捕鼠器。

宾果是一只好脾气的小狗，特想跟一只猫交朋友，便主动地接近猫。但是猫并不想跟它交朋友，见它靠近，一下子生气了，威胁宾果："你给我走远点儿！"猫和宾果之间的对立，很自然地就解决了。还是宾果自觉地选择了退出，它打算在马棚里继续过日子。猫是喜欢独来独往的动物，所以宾果一离开，它也就安静了。一般来说，小狗是希望交到一些朋友的，还好宾果打小就具有了很强的独立生活的能力。

第二年春天，我就开始认真地训练它了。我教它做的第一件事，就是让它去找那头在空旷的草原上随意吃草的老黄牛，并把它赶回来。

宾果很快就学会了，看起来它还非常喜欢这份工作。

"把牛给我带过来！"只要我一下命令，宾果就兴高采烈地跑出去，把牛给追了回来。

宾果十分热衷于这份工作。那段日子，即使是没听到命令，它也会主动出去把牛给追回来。而把牛从草原上带回来，一天只要两回就可以了。可宾果却热心得要命，只要稍有时间，就会跑出去追牛，它总是自作主张，到了后来，它甚至一天要把牛追回来十几次。

那头牛是头母牛，我们要给它挤奶。可它每天都要被宾果追赶好几回，所以产奶量在逐渐变少，显然是被宾果吓少的，因为这头母牛每天总是提心吊胆的，随时都要注意宾果的动向。

过了没多久，母牛就被宾果弄得心力交瘁而生病了。为了阻止宾果再出去追牛，我们也尝试了各种办法，可是都不管用。

就在这段时间里，发生了一件事，让宾果从此再也不喜欢那头牛了。

有一天，我哥哥出去挤牛奶，宾果趴在牛棚门口饶有兴趣地看着。虽然我们不许它再出去追赶牛了，但宾果好像还是心痒痒的。

牛身上总爱招很多蚊子，所以每次挤奶的时候母牛总是不断地甩着尾巴来驱赶蚊子，哥哥说这样很烦人。我哥哥灵机一动，在牛尾巴上绑了一块砖，然后再挤牛奶。

正挤奶呢，忽然听到哥哥大叫一声，原来是母牛用力地甩动变沉了的尾巴，结果将尾巴上拴着的砖打在了哥哥的头上。

哥哥一怒之下用坐着的椅子打牛，牛受惊跑了出去。在场的众人都哄堂大笑起来。而宾果却没有袖手旁观，它认为该轮到自己出场了，就一溜烟朝着牛追了出去。这么一来，牛奶被打翻在地，洒了个精光。结果，牛和狗都被哥哥狠狠地打了一顿。

可怜的宾果，它觉得自己明明是在做好事，却无端地被狠揍了一顿。它想不明白。从那以后，宾果就再也不想靠近那头牛了。

宾果不再出去追赶牛了，可它很快又对马产生了兴趣。白天，它紧跟在马的旁边跑来跑去；晚上，它就睡在马棚门口，马出去的时候，宾果也一定会紧随其后，寸步不离。

仅有一次，宾果没有同马一起出门。

那时，农场里只有我和哥哥两人。一天早晨，我哥哥要到河边去弄一些干草回来。哥哥想带着宾果一起去，可是无论哥哥怎么叫，宾果就是不理，只是斜眼瞅着哥哥和马车。以往只要哥哥叫它一声，它总会立刻迎过去，可是那天早晨它却一反常态，不想和哥哥一起出门去，还突然仰起了头，冲着空中悲鸣起来。等马车走远了，宾果还追出去一百米左右，极其凄惨地叫着。那叫声听起来就像是在提醒哥哥："一会儿一定会发生什么事的。"宾果那天留在了农场，它好几次都这么凄惨地叫着，于是我担心起来，后悔让哥哥去了河边。

到了晚上六点左右，宾果的叫声越来越凄惨了，我实在不耐烦了，大声地训斥它："真烦人！离我远点儿！"然后抓起手边的一样东西朝它扔了过去。我坐立不安，担心不已。"哥哥大概已经死了吧！"这种想法一直充斥着我的内心。

哥哥终于安然无恙地回来了，我松了一口气，紧接着问他："今天一切都挺顺当吗？"哥哥简单地回答了一句："啊！挺顺当。"又过了很长时间以后，我把这件事讲给一个精通算命的人，他严肃地问我："是不是一有危险的时候，宾果就会来找你？它应该很通人性吧？""是啊！""那么，那天有危险的人可能是你，而不是你哥哥。你那天没碰到什么危险的事吧？你可能压根儿都不知道危险从何而来，你没有发生意外是因为宾果一直守候在你身边。"我起初是不相信那些话。

但是后来，又发生了一件事，使我彻底改变了看法。

在说这件事以前，我要先提一下其他的事。


三


一八八四年，宾果住进了莱特家的农场。

因为我把我家农场的工作停了下来，所以就把宾果托付给和我们关系要好的邻居莱特，可宾果却不愿意住进莱特家的屋子里，而是住进了马棚里。

到了冬天，宾果还是不肯去屋子里面居住，它特别喜欢像狼一样在外面自由地游荡，甚至还会像大灰狼和草原狼一样，生吃死去的马的肉。

宾果的新主人莱特和他的邻居奥利维很要好，两个人约好了一起去砍伐木材。

这时，奥利维家的马死了。于是，他决定尽量利用这匹死去的马逮住草原狼——由于草原狼经常弄死鸡和小羊，附近的人早就恨透了它们，想把它们消灭掉。奥利维在死马身上下了毒，然后把它扔在了外面。

没想到，那天夜里，马肉却被宾果和莱特家的另一只狗卡里给吃了。不过，宾果那晚只吃了一点儿，便去追赶向死马围过来的草原狼了，所以剩下的马肉都被卡里吃了，结果卡里中了毒。它看上去痛苦极了。尽管如此，它还是硬挺着跑回了家，死在了莱特的脚边。

莱特气得火冒三丈，他迁怒于下毒的奥利维，两人彻底决裂。

宾果也中了毒，看上去很痛苦。它虽然没死掉，但用了很长时间才彻底恢复健康。

后来，我去了很远的地方。直到两年后，我才又回到了曼尼托巴。

　　宾果还在莱特家生活着，我觉得自己一走就是两年，它早该把我给忘了。

　　但是事实并非如此。

　　入冬时，宾果的一只后脚被捕狼机给夹住了，它一直拖着那架捕狼机回到了家。疼痛使宾果发起狂来，任何人都无法接近它。

　　我走到它身边蹲了下来，一只手按住捕狼机，用另一只手握住宾果那只被捕狼机夹住的脚。

　　"呜……"宾果一下子就咬住了我的手。我努力控制着自己的情绪，平静地对它说："宾果，是我，你不认识我了吗？"宾果一听，立刻松开了嘴巴，放开了我的手。宾果的牙并没把我的手咬破皮，我没有受伤。我给它取掉捕狼机的时候，它哼哼了好一阵子，就不再反抗了。

　　把捕狼机取下之后，我们就把宾果带进屋里，然后把那只受伤的脚热敷了一下。它那冻僵的脚也渐渐地变得柔软起来。

　　那只被捕狼机夹住的脚的脚趾脱落了两根，幸好并无大碍。春天一到，宾果又能快步飞跑了。

就在我把宾果的脚从捕狼机上取下来的那个冬天，我开始在肯尼迪平原狩猎了。我用捕狼机逮住了许多大灰狼和草原狼，由于这些狼会大量地祸害牲畜和家鸡，所以政府动员人们捕猎，我也因此得到了一笔数目可观的奖金。

肯尼迪平原非常适合捕猎，一方面因为这里人迹罕至，另一方面，它又处在茂密的森林和村落中间。

四月末时，我同以往一样，又对设置好的捕狼机进行了一次巡视。

这些捕狼机用重型钢制成，装有两根弹簧，它们四架一组，安装在掩藏好的食饵周围。

安装捕狼机时，先要在地上挖一个坑，再把捕狼机装进去，然后在上面盖上土和细沙，要尽量布置得一点儿都看不出痕迹来。捕狼机上装有铁链，链子的一端固定在大木桩上，这样一来，动物一旦被捕狼机抓住，就再也逃不掉了。

我安装的捕狼机逮住了一只狼。我用一根木棍把它打死，扔在一旁，再重新把捕狼机安置好。

安装捕狼机这种事，我之前已经干过千百次了。很快，我就把一切布置停当，然后把那用来调节捕狼机弹簧的扳手扔到了马那边。那匹马是我的坐骑，它站在离我稍远的地方等着我。向马那边扔扳手是为了避免忘记回去的路线。

我见附近有些细沙，于是便想去抓一把来，使现场布置得更好些。就在这时，只听"咔嚓"一声，我的手被捕狼机牢牢地夹住了。原来，我想抓沙子的地方同时也安着另外一架捕狼机。由于疏忽，我居然给忘了。

捕狼机有两种型号。一种装置了一些有锯齿状的铁齿；另外一种则没有这种铁齿。

幸好夹住我的捕狼机是那种没有装锯齿的，而且我手上戴着一副手套，这副手套是安装捕狼机时专用的那种厚手套，所以我的手虽然被夹住了，却没有受伤。但是，捕狼机的劲儿很大，不使用扳手，手根本就拿不出来。我决定用脚去把安装捕狼机用的扳手钩过来。

## 四

第一步，我先要趴在地上，然后，把被捕狼机扣住的那只胳膊尽量伸直，将身体慢慢向扳手那个方向移动。但这种姿势，却无法做到让眼睛既看得见扳手同时又能把脚伸过去够它。我想用脚尖试探一下，看能不能够得着，于是我把脚伸了出去。

头一次没够着。我尽力拉紧铁链，上面的弹簧都被拉直了，但是，我的脚还是什么也没碰着，于是我又用另一只脚去试，还是没有用。无奈，我转过身体，观察了一下，才知道自己的位置太偏西了。

于是，我又翻过了身体，趴在了地上，用脚趾瞎拍一气。我以为这么一来，脚就能碰到扳手了。我一直这样用右脚拼命地摸索，竟然把附近还有其他捕狼机这件事给忘了。

突然又是"咔嚓"一声，我的左脚又被捕狼机的铁爪子给紧紧地抓住了。

　　我心里咯噔一下，心想：这一下可完了。但我仍没怎么慌乱，我想总会有什么解救的办法的。

　　可我马上发现，自己的一切努力都是白费力气，我既无法摆脱捕狼机，又无法把两架捕狼机挪到一块儿。

　　我动弹不得，就那么直挺挺地趴在那里，身子紧贴在地面上。

　　"这样下去我会怎么样呢？"我一下子慌了神。

　　寒冷的冬天已经过去了，看来被冻僵的危险还不大。可是肯尼迪平原除了冬季有伐木人以外，其他时候是绝对看不见人影的，更要命的是，家里的人谁也不知道我上哪儿去了。

　　总之，我必须自己想办法，可是靠我自己来摆脱掉捕狼机也是根本不可能的。

　　如果就这么一动不动，迟早会被狼吃掉或者是活活饿死，要不就是慢慢地被夜晚的严寒冻死。

　　我就那么一动不动地趴在地上。

　　转眼就到了傍晚。红艳艳的夕阳，落到了平原西面一片美丽的沼泽地上空。

由于长时间保持这么一个姿势，我的胳膊都麻了。周围的温度降了下来，彻骨的寒冷布满了我周身。

我不由得想起了莱特的家，这时候他们一家应该坐在一起开始吃热气腾腾的晚饭了。或许还有香喷喷的猪肉呢。我的思绪跑到了这上面。

马的缰绳垂到了地面，它一直在耐心地等着我。

它肯定不明白我为什么一直趴在地上不动，这超出了它的理解范围。我想。如果马自己先回家去，家人们发现我没在马背上，就会想我大概是出什么事了，然后就会出来找我，于是，我试着喊它。

听到我喊它，它就停止了吃草，抬起头来，站在那儿一动不动地充满疑问地盯着我。

这匹忠心耿耿的马啊，倘若我不走到它的身边，它就会一个小时又一个小时地一直等下去。

我想起了老猎人基罗，他一辈子都在下机器捕捉猎物。有一回，他出去打猎，就再也没有回来。直到第二年春天，人们终于找到了这个老头，发现只剩下了他的骨头，他的一条腿还被捕熊机夹着。

　　我也会有和基罗一样的下场吧……如果真是那样的话，人们会根据哪一部分衣裳来断定这就是我的尸骨呢？

　　这种处境让我突然想到，大概那些狼被捕狼机逮到时也像我现在这般绝望吧。

　　"啊！我过去曾让灰狼和草原狼有过怎样的绝望啊！现在，终于轮到我来赎罪了。"我这样想。

　　天渐渐黑了。

　　草原狼的叫声从远处传来。我的马竖起耳朵，向我走近了一些，然后耷拉着脑袋站在那儿。它似乎感觉到了周身所处环境的危险。

　　另一只草原狼也跟着叫了起来，紧接着，第三只、第四只……那叫声越来越向我逼近了。它们看样子正在向我身边集合。

　　"草原狼主要是吃动物的尸体，所以，就算它们都聚集过来了，也不会吃掉我的。"我只能自己宽慰自己。

　　草原狼嗥叫了很久，最终还是来到了我的近前。起初，我的马先发现了它们，它吓得喷着鼻子，于是，这些草原狼偷偷地逃走了，可没过多久，它们又立刻返回了，并把我给围了起来，"嗖"的一声，并排坐到了地上。

近处，一只草原狼的尸体还躺在那儿，它是被我设的捕狼机逮住的，狼群中一只胆子比较大的草原狼爬过来，想拖走它那只死去的伙伴的尸首。我大吼了起来，它便嗥叫着跑开了。

但是，没过多久，这只草原狼又跑回来了，它试探着来回跑了两三趟，那只死狼最终被它拖走了。不到几分钟，那只死狼就被这些狼给吃得一干二净。

吃掉死草原狼以后，它们又聚在一起，向我跑了过来，距离我比刚才还近。"这回该轮到这家伙了。"它们大概是这么想的。

草原狼坐在那儿一直盯着我看。

胆子最大的那只草原狼，嗅了嗅我脚底下那支猎枪，还用爪子往上面扒土。我一面用那只可以自由活动的脚踢它，一面大声叫喊，它才退了回去，可是没过多久，我就没力气了。那只草原狼的胆量也越来越大了，竟跑过来直冲着我的脸嗥叫。

这么一来，其他的草原狼也鼓足了勇气，嗥叫着向我逼近。我终于意识到，最后的时刻终于到来了。

我以前从来瞧不起这些草原狼，可是现在，我恐怕就要被这些我瞧不起的敌手给吃掉了。

## 五

就在这时，突然，黑暗中响起了一声响亮的叫声。

一只浑身漆黑的大狼从黑暗中跑了过来，直扑草原狼，那些草原狼立刻四散而逃。但那只向我嗥叫的最大胆的草原狼却没有逃跑，于是，黑狼立刻向它猛扑过去，只一瞬间，那只草原狼就被撕得稀烂。

紧接着，这只凶猛的大家伙竟朝我奔了过来。"这回完蛋了。"我屏住了呼吸。

可是，那只狼并没有伤我，它一边喘着气一边开始舔我的脸。哎呀，它竟是宾果！

"宾……宾果，宾果，真的是你吗？我要把捕狼机搬开，你快帮我把扳手弄过来！"宾果立刻跑了出去，把枪给我拖了过来，它不清楚我想要什么。

"不是这个，宾果，是安装捕狼机的扳手。"这回，宾果又拖来了我的腰带。

就这样，宾果来来回回叼过来很多东西。最后，宾果还是把扳手给我叼过来了，当它知道了我要的正是这个扳手时，竟然乐得直摇尾巴。

捕狼机松开了，我的手立刻解放了。接着，我的脚也获得了自由。

宾果又把我的马赶了过来。当我冲着草原狼大喊大叫想吓跑它们时，马就已经逃开了一段距离。

我骑上马跑了起来，宾果跑着叫着，在前面给我开路，我们终于安然无恙地回到了家。

我刚一到家，家人就告诉了我一件不可思议的事。

当天，宾果就有点儿不对劲，它就在那条森林小路上一边张望，一边不断地悲鸣。到了夜里，它终于不顾家人的阻拦，自己跑了出来。

在此之前我从未带它去捕过狼，宾果是怎么知道我的行踪的呢？宾果一定是被人类所不知道的一种超能力引导着，才能找到我，并且打跑了围攻我的草原狼群，救了我的命。

之前我已经交代过，宾果已经不再属于我了。

但是宾果和我却依旧心灵相通。

尽管如此，宾果平时好像并不太在意我。

第二天，它从我身边经过时，竟然连看都不朝我看一眼，就和莱特家的小狗一起逮地鼠去了。

一直到最后，宾果都过着狼一般自由自在的生活。它经常到平原去寻找死马，找到后就贪婪地吃个没完。

有一次，它又找到了一匹死马，就狼吞虎咽地吃了起来，没想到，这匹死马已经被下了毒。毒性很快就发作了，宾果忍着剧烈的疼痛，东倒西歪地向家跑去。但它并没有去寻找莱特，而是到了我住着的小屋。可惜，我当时却不在小屋里。宾果摸索到自己小时候住过的小屋门口，就在那里停止了呼吸。

在宾果的心目中，它一直把我看作它唯一的主人。正因为如此，宾果在最后的痛苦时刻，只跑来向我求助，并且坚信我能帮助它，而我却让它扑了个空。

# 猎狗霹雳虎

## 一

　　一个秋天的黄昏，大学时期的一个要好的同学给我发来了一份电报，电文如下："送你一只小狗作为礼物，希望你好好待它，这样会比较安全。"不久，装着小狗的箱子就运到了。箱子上有一个小窗，上面安着铁丝网，从箱子里传出一阵又一阵尖锐的狗叫声。

　　我朝里面望了望，就见里面有一只又小又白的斗牛犬，无论谁走到它身边，它都会恶狠狠地往前猛扑，摆出一副要咬人的架势。

　　狗的吠叫方式有两种。一种是从胸腔里发出的，叫声很深沉，它是在吓唬人："你别过来，否则有你好看。"另一种直接从喉咙里发出来，声音又粗又大，像是要进行猛烈攻击的最后通牒。箱子里的这只小狗的叫声则完全是后一种。

　　我拿来一些工具想把箱子撬开，小家伙更死命地狂叫起来。

　　我打开了盖子，把箱子刚一翻过来，它竟一个急冲锋，直冲我脚跟飞扑过来。要不是它的脚被铁丝网的网眼儿套住了，而我又及时地跨到了它没法够得着的桌子上，我多半已经挂彩了。

　　我一向认为，和动物谈话很管用。我相信，它们即使一句话也不懂，但多少还是可以猜出来一些我的意图的。

　　所以我想用说服的办法跟这只小狗讲道理，但是，小家伙一点儿也不买账，乘我说话的时候，它钻到了桌子底下，想瞅准机会来咬我那只耷拉在桌边的脚。

如果我和它一直对视着聊天的话，还满有把握能够取胜。可现在我是坐在桌子上，它则钻到了桌子底下，所以我们的目光总碰不到一起去。

这么一来，我就像个囚犯似的被困在桌子上下不来了。

"没办法，我就这么跟它耗着吧！"既然想开了，我也就不急于下来了。我把两腿往桌子上一盘，掏出一支烟吸了起来。

我再次拿出了朋友发过来的那份电报读了一遍："……希望你好好待它，这样会比较安全。"我一边抽着烟，一边想着那只厉害的小狗和此后的生活。

小狗使劲叫了足足有半个小时，之后叫声就不那么凶了。又过了一个钟头，它才好像平静下来。我把报纸卷成一个筒从桌子边沿往出探了探，小狗也没扑上来。它可能只是对被长时间地关在那个小箱子里感到恼怒。

我吸第三支烟时，它终于从桌子底下钻了出来，一摇一摆地走到火炉跟前躺下了。

　　但是，它还在死死地盯着我的一举一动。

　　为了打发时间，我拿出一本书，摊在桌上读了起来。没过多久，我那两条盘曲着的腿已经开始发麻抽筋了，炉子里的火苗也不旺了，屋子开始凉了下来。

　　夜里十点半左右，火炉里的火完全熄灭了。这时候，我收到的那个礼物站起身来，打了个哈欠，伸了伸懒腰。我乘机下了桌子，走到我的床底下抽出一条毯子。

　　我必须睡了。但是只要我的脚一落地，它就会扑咬上来，我被它从桌子上追到了化妆台上，又从那儿跳到炉子架上，好不容易才够到了我的床。我偷偷地爬上床，终于可以躺下了。

　　可是还没等我睡着呢，就听到一阵轻微的向上爬的声音，紧接着好像有什么东西上了床。显然，这只小狗嫌床底下太冷，所以爬到了我的脚上并蜷起了身子。

　　这可糟透了，我连翻一下身子都不敢了，即使脚趾轻微扭动一下，恐怕也会被它狠狠地咬上一口的。

　　我花了整整一个钟头的时间来挪动我的两只脚，但哪怕只挪动一根头发丝儿那么一丁点儿距离，都会惹得这只小狗吠叫个不停。

那天夜里，我被这只狗怒气冲冲的吠叫声弄醒了好几次。大多数是由于我擅自动了动脚趾而惹得它不高兴了，但有一次应该是我打鼾吵着它了。我给小狗起名叫"霹雳虎"，因为它总以"迅雷不及掩耳之势"咬人，霹雳虎可真是名副其实。

有些狗你很难给它取名，可是有些狗却根本用不着你费事，它们早就给自己取好了名字，不用说，霹雳虎就属于这类。

## 二

第二天早晨，我早早就醒了。原本打算七点钟起床的，可是霹雳虎还睡着，没办法，我只好一直躺着没敢动。

直到过了八点，我才和它一起下了床。我生炉子，

它也没表示什么反对意见，还允许我去桌子边穿衣服。

吃完早饭，从厨房里走出来时，我想到了对付它的办法，就对它说："喂，霹雳虎呀，换作别人，也许会把你痛打一顿。可是我有更好的办法治你，那就是不给你吃饭。"

整整一天，我一点儿吃的也没喂它。它饿得一个劲儿挠门，把门上弄得全是抓痕，害我后来花去一大笔钱，把它抓坏的地方重新油漆了一下。到了晚上，它已经肯乖乖地吃我亲手喂给它的东西了。

一个星期以后，我和霹雳虎已经成为非常要好的朋友了。它每晚都到我床上睡觉，不管我的脚怎么动，它也不再尖声怒吼了。

过了三个月，我已经完全摸透了它的脾气，我发现，霹雳虎好像根本就不知道什么叫害怕。

譬如说，如果有个孩子朝狗扔了块石头，换作别的狗，就会夹着尾巴跑掉了。可是霹雳虎不但不跑开，反倒会冲着那个孩子迎上去；而且，如果那孩子再扔的话，它就会扑上去。

　　要是有一只小狗来到它跟前，它正眼都不会看人家一眼，压根儿就不把那小狗当回事；如果来的是只中等身材的，它就会立刻围着对方来回地兜圈子打量，如果那只狗不识趣，还站在那儿不走，那可对不起，霹雳虎马上就会找碴儿同它打起来，直到那只狗飞快地跑开了才算了事。

　　有一次，霹雳虎在马车里看到了一只小牛般身材的狗森特在附近溜达，它立刻就想跟对方较量一下，于是不顾一切地飞快地纵身从马车上跳了下去，结果由于马车太高，它这一跳反倒弄折了自己的腿。

　　霹雳虎压根儿就不知道何为"害怕"，不管遇到什么样的对手它都想亲自较量一番。

　　时间一点儿一点儿地过去，我和霹雳虎的感情也越来越深。

　　那时，我正在做铁丝的买卖，经常需要出差给客户送货。每次出门，我都会把霹雳虎托付给女房东，让她帮忙照看一下，但是霹雳虎却不拿女房东当回事，根本就不听她的；另外，女房东也害怕霹雳虎，所以，人狗之间彼此都厌恶对方，发生了很多不愉快的事，以至于女房东每次给出门在外的我写信时，总会加上这句："霹雳虎令我倒霉透顶，诸事不顺，无论如何你也要尽快赶回来。"

后来，我去了一个大的牧场。这个牧场主想把牧场的四周都围起来，需要很多铁丝，这可是一笔大买卖。于是，我来到了这个牧场。那里正在试用各类品种的狗来捕捉狼群。

狗的种类不同，派上的用场也不同。

比如，丹麦种的猎狗尽管人高马大的，可是行动起来却很缓慢，根本敌不过行动敏捷的对手；古雷哈温多狗却只有在看清对手的时候才能跟上去；狐狗呢，倒是嗅觉灵敏，但这种狗身体太过瘦小，根本没法与狼作战；猎狼最能派上用场的也只有乌尔夫哈温多狗了，这种狗在这个牧场的狗群里有几只。牧人们想组织一支由各种狗组成的队伍，好把它们的特长都发挥出来，以便在猎狼时能派上用场。

可是，牧场主本罗夫组建的狗队伍在猎狼时总是连续地失败。

"为什么总是不成功呢？要知道，它们组合到一起可是能各自发挥所长啊！"小本罗夫说。

这时，他的老父亲本罗夫开口了："依我看，我们家的这些狗根本就没有猎狼的胆量，狼每次都被这些狗给放过去了。"

这时，我又收到了照顾霹雳虎的女房东写来的信，信上写着："你的那只狗简直把坏事都做绝了，我实在是忍无可忍了，你赶快把它带走吧！"于是，我想出了一个好主意——把霹雳虎送到本罗夫的牧场去。

本罗夫的牧场虽然已有了很多只狗，但这些狗都是不敢同狼作战的胆小鬼，个个都惧怕狼。我的霹雳虎跟它们可不一样，它可是天不怕地不怕的，它要是在这儿的话，就会毫无畏惧地带领着这群大个子废物向前冲的。

"就这么办！本罗夫一家也一定会很高兴的。等我事情一办完，再带着它回家。"我越想越觉得这主意不错。

## 三

霹雳虎被送到本罗夫的牧场时，人们都跑出来看，他们大概是想看看霹雳虎究竟长什么样，会不会扑上来咬我。但是我的狗怎么可能咬我呢？一见面，它确实扑到了我身上，使劲做出要咬我的架势，还连声咆哮着，不过，这只是在表示一种久别重逢的高兴劲儿，从它那条还在死命地摇个不停的短尾巴上就可以看出来了。

在霹雳虎到来之前，牧场的猎人们已经出去打过好几次狼，可结果全失败了。

霹雳虎来到牧场的第二天，我们一大早就又出去猎狼了。猎人们带着这支由各种狗组成的队伍奔驰在大草原上。霹雳虎也在其中，不过，它老是守在我身边，别的狗都不敢靠近它。无论是哪只猎狗，只要一靠近它，就会猝不及防地被它咬上一口。

我们先登上了一个高冈，那里视野极佳。一个牧人用望远镜侦察着这片广阔地区，突然说道："我看见了，它正往河边跑呢，看样子好像一只山狗。"现在，首先要做的就是叫猎狗看到那家伙的身影。可狗却不会使用望远镜，而且，牧场遍地长满了比狗还要高的杂草，这阻挡了猎狗们的视线。

于是，一个人停下马来，招呼一只名叫丹达的狗："喂，丹达，到马上来！"他从马鞍上俯下身子，把脚伸向了那只狗，丹达立刻纵身一跃，在主人的帮助下跳上了马鞍。

"喏，丹达，看清了吗？它在那儿，在那下面。"猎狗顺着主人手指的方向认真地看了一会儿，接着像是发现了什么似的，从马背上一跃而下，轻轻地"汪"了一声，便飞快地跑了出去。

其他的狗都跟在丹达身后，排成一列长队，从山冈上冲了下去。

我们也骑着马跟在它们后面追了上去，可是却不敢快跑，因为牧场周围尽是獾子洞，里面还夹杂着一些生长在干涸的水沟里的杂草，马如果不小心踩进这些洞里，很容易被绊倒。所以，我们只是徐徐前进，逐渐地落在了后面。

　　等我们追上这些狗，战斗已经结束了。猎狗们围成一圈儿，坐在地上，正呼哧呼哧地大口喘气，中间是那只被弄死的山狗。

　　霹雳虎没跟它们围坐在一起，它跑得不够快，和另外两只小狗被甩在了后面。于是，牧场主的儿子抚摸着丹达的头，一边夸着它一边对我说："看到了吧？你的那只小家伙根本派不上用场。"他的父亲听后却讥讽他说："动用十只大狗去对付一只小山狗，这算什么呀？等碰到真正的灰狼，你还能说出这番话吗？"

　　第二天，我们又出去狩猎了。当我们登高望远时，又发现了一个移动的灰点子。看样子不是山狗就是灰狼。

　　跟昨天一样，猎狗丹达又上了马背，它看清了猎物所在的位置后，就又带领着那支杂牌狗组成的队伍跑了出去。

　　不久，狗队终于发现了它们要追逐的猎物，那是一只灰狼。它们继续在后面追，但我总觉得不像昨天那么卖力了，跑在前面的那几只狗，步子明显不如昨天追赶山狗时那么快了。

狗和狼的身影很快就都消失了。没多久，那些狗一只接着一只地回到了我们身边。

我们谁也没有看到它们的战斗场面，所以谁也闹不清楚这次追逐怎么就结束了。

反正，那只狼最后就无影无踪了。

于是，讽刺呀责备呀的话语又出现了。"呸！一些胆小鬼，一群废物！它们应该轻轻松松就能追上那只狼的，可是狼一回头呀，它们就吓得掉转屁股往回奔啦！"这时，牧场主的儿子轻蔑地问我："你那只天不怕地不怕的霹雳虎去哪儿啦？""不知道。它应该是没看到那只狼，不然，它一定会飞扑上去拼个你死我活的。"我说。

四

当天夜里，牧场附近又死了很多只羊，像是被狼咬死的。于是，第二天，我们又一起出去捕狼了。

快到傍晚的时候，我们发现了一只狼。

跟以前一样，丹达又被猎人叫到了马背上。我也学他的样子，让霹雳虎跳上了我的马鞍，并指给它狼的位置："就是它，干掉它！"我一说完，霹雳虎就从马鞍上跳下去，追赶那些已经跑远了的猎狗。

我们这些人则登上了一处高地，等着看一场好戏。这时候，丹达已经赶上了那只狼，一下子咬住了它的屁股。

狼迅速转过身来抵抗。这次战斗的场面我们可是看得真真的。

那些狗三三两两地跑了上去，围着狼汪汪直叫，却不敢咬上一口。就在这时，有一只小白狗直冲了过去，是霹雳虎！它不声不响，拨开那些围观的狗便朝灰狼飞扑过去。

霹雳虎可能是想直接咬断灰狼的喉咙，可狼却闪开了，于是，它又向对方的鼻子咬去。这时候，那十只大狗乘机一拥而上，立刻就结果了灰狼的性命。见此情景，我们马上跑到了战斗的现场。这次，大家都看到了霹雳

虎勇敢作战，知道如果没有它义无反顾地冲上去，这场
战斗是不会取得胜利的。所以，这一次该轮到我来夸耀
一番了："怎么样？霹雳虎的确很出色吧！"我为拥有
霹雳虎而感到骄傲。不过，高兴之余，突然发现，霹雳
虎的腿上被那只狼狠狠地咬了一口，走起路来还一瘸一
拐的。而且，被弄死的那只狼也只是一只小狼。

　　不管怎么说，毕竟是霹雳虎率先冲了上去。如果霹
雳虎不带头攻击，其余的狗大概只会围着那只灰狼虚张
声势地乱叫吧！这样一来，猎人们终于明白了这样一个
道理：要想弄死狼，猎狗的数量也许很重要；但是，若
是猎狗丧失了最最重要的勇气，那么，有多少猎狗也是
白搭。

　　回去的路上，我把霹雳虎放到了马鞍上，我们一起
骑着马回到了牧场。一回去我就赶紧给它治起伤来，就
像照顾婴儿一样，把它照顾得特别周到。

　　第二天，我又要随牧人们一起出去猎狼。那一天，
也是霹雳虎到我这儿的一周年纪念日，所以，我很想把
它带在身边。可它的伤势太重，根本去不了，它曾躺过

的地方都已经被血染红了。照现在的情况来看，它根本不适合战斗，因此我就把它引到外屋锁了起来。

那天，我们去了一个相当远的地方。

走了一段时间后，我们突然在平原的草丛里发现一个像小白球一样的东西蹦蹦跳跳地滚了出来，竟然是霹雳虎！不知它是怎么从屋子里逃出来的，居然一路追了过来。

霹雳虎兴高采烈地叫着跑到了我骑的马旁边。我想再把它赶回牧场去，但它却不听我的。看它的伤势很严重，我也就不忍心赶它走了。我叫了它一声，然后伸下马鞭，把它拎到了马鞍上。我想，这样它就能舒服点儿了，用不着跑了。这时候，一个牧人"嗬，嗬"地叫了起来，他发现了狼。

与此同时，有两只狗都跃跃欲试，想跳到他的马背上去观察敌人的行踪。一只是丹达，另一只是丹达平日的竞争对手利列。它们只顾往上跳，结果撞到了一起，滚落到了草丛里，而霹雳虎也已发现了狼的身影，我还没来得及阻止，它就已从马鞍上跳了下去，径直朝猎物奔去了。在开始的几分钟里，一直是它在打头阵，很快，它就落后了，因为这时，以奔跑速度奇快而闻名的古雷哈温多狗已经追了起来，其余的狗也都逐一地超过了霹雳虎。

"灰狼跑到对面的山谷去了。好！我们抄近道走到它们前头去。"一个牧人说。于是我们掉转马头，朝着那个方向策马疾驰而去。

我们刚上了一块高地，正想从那儿下去时，一个牧人喊了起来："嘿！快看！狼朝我们这面来啦！我们比它先到啦！"说罢，他跳下马背，把缰绳一扔，就往前奔去。我也从马上跳了下来，选了一个便于俯瞰的地方。

就见一只大灰狼低头在前面跑着，丹达紧随其后。

## 五

丹达眼瞅着就要追上灰狼了，很快就和灰狼并排了，丹达张口向灰狼咬去，灰狼往旁边一闪，随即向丹达咬过来，丹达也闪开了。

　　此时，灰狼和猎狗正好在我们的眼皮子底下，一个猎人掏出了手枪，对准灰狼想要开枪，另一个猎人马上阻止了他："等一下！还是让它们自己解决吧！"说话的工夫，其余的狗也一只接一只地赶了上来。它们把灰狼围在了中间，看那架势，一个个都想立刻冲上去把灰狼给撕个粉碎，可结果却让人大跌眼镜，它们只是围在灰狼咬不着的地方"汪汪"地叫唤，而那只灰狼呢，它四条腿都用力地踩踏着地面，虽一声不吭，但却不正眼瞧那些拥在一起的猎狗。

　　过了一分钟左右，乌尔夫哈温多猎狗跑过来了，它们的体格和狼差不多，是专门为猎狼而买回来的。可是一看到那只灰狼的架势，它们居然也退到了外面的包围圈，加入了"汪汪"吠叫的行列。

　　接着，那些丹麦狗也跟上来了。它们的个头儿都跟灰狼差不多。往前冲的时候，感觉能把敌人生吞活剥了一样。可是一到了现场，也跟其余的狗一样，变成了泄了气的皮球。看来它们还要叫上一阵子，给自己打打气。

那只灰狼却不慌不忙，它那傲视狗群的眼神像是在说："你们数量再多我也不怕。"灰狼那副凶狠无畏的样子，就是在警告这些猎狗："反正也是死，我就是死也要拿你们来陪葬。你们过来吧，哪一个先来？"猎狗们都非常清楚，头一个上去的肯定会吃苦头，所以，哪只狗都不愿意拿自己的性命去开玩笑。

这时候，远处的草丛里，响起了一阵沙沙声，接着滚出来一个雪白的皮球一样的东西，是我的霹雳虎！霹雳虎落在了最后，但它还是追上了大家。它上气不接下气地跑着，穿过一片空旷的平地，笔直地跑向了包围圈。它也同刚才奔跑过来的狗一样，斗志昂扬。可是，待会儿它也会跟它们一样突然失去勇气吗？才不是呢，它穿过"汪汪"直叫的包围圈，对准灰狼直扑过去。

灰狼同飞扑过来的霹雳虎战斗到了一起。那场面可真激烈！灰狼龇着它那尖锐的牙齿，冲向了霹雳虎。

不论是多么强大的敌人，霹雳虎都不会畏惧，因为它天生就不会害怕。

见此情景，其余的狗也一只接一只地加入了战斗。

接下来的情况，我们就看不大清了。狗群和狼作战的场面就跟上下翻滚的开水一样，很快就扭打成一团。哪只狗都干了什么，狼现在怎么样了，我们都无法看清。

一场混战终于结束了。一只大得可怕的灰狼，一动不动地在地上，而我的霹雳虎还咬住它的鼻子不肯放呢。

狼已经死了，可是霹雳虎还不撒嘴，自己也在地上躺着。我招呼了它一声，它也没动。"霹雳虎，快起来，仗打完了，你已经把它给咬死了。"我跑到它跟前说。可霹雳虎仍咬着那只死去的灰狼不动弹。这时我才发现它身上有两处很深的伤口。

"我们回家吧，霹雳虎。"我想把它抱起来，它有气无力地哼了哼，终于放开了那只狼。

那些牧人都围着霹雳虎跪下来。

"我情愿我的牛都被狼给咬死，也不愿意看到这个小东西受伤。"本罗夫老头儿说。我把霹雳虎抱在了怀里，一面叫它，一面轻轻地抚摸它的脑袋。它又软弱无力地哼了一声，还舔了舔我的手，似乎在跟我做最后的道别，接着，它就再也不动了。

回牧场的路上，大家都很沉默，我真是伤心透了。

我们在牧场后面的一个小山冈上挖了一个坑，把霹雳虎埋了起来。老本罗夫还在赞叹地说："天哪，它可真有勇气。这个霹雳虎啊，真无愧于它的名号！"那天正好是霹雳虎来到我身边一周年的日子，而且那天又是万圣节。在这个节日里，霹雳虎用生命告诉了我们，什么是勇气，勇气到底有多重要。

# 松鼠历险记

  契卡是一只雄性的红松鼠。

  此时它正在一棵白杨树上声嘶力竭地叫着"坏蛋，坏蛋"，树下有一只狗盯上了它，它不得不逃到了树上。狗追逐松鼠或者是猫啊什么的并不稀奇。

  松鼠上了树，狗却不能爬树，因此狗也拿它没办法。狗只能悻悻地围着树转圈儿，汪汪地叫了两声之后，就无可奈何地从树下走开了，它并没有走远，而是在离树不远的地方趴了下来。

  契卡看了看树下的那只狗，又看看不远处的森林。

它还是特别想去森林，虽然刚遭到狗的拦截，还是无法阻止它回家的决心。往下看看，树下的那只狗还趴着，好像睡着了。

契卡乘机顺着树干的另一侧溜下了树，轻轻地跳到地上。见那只狗没有发觉，契卡就拼命地向森林跑去了。

跑着跑着，契卡突然停了下来，因为它看见了一些红色的蘑菇。

红蘑菇是松鼠们最爱的美食之一，虽然嚼起来有一些辣味儿，但是红蘑菇的味道真的让它们觉得浑身舒坦极了。契卡用前爪揪住红蘑菇，将它齐根儿扭断，然后叼着蘑菇的把儿向森林跑去。

红蘑菇很大，它的伞盖挡住了契卡的视线，结果契卡一下子撞到了一棵树的树桩上。红蘑菇的伞盖一下子就被撞得变了形，就连蘑菇的茎也只剩下了嘴里的一点点。

"坏蛋！"契卡一不高兴就会这样说，这一次所指的当然是讨厌的树桩。契卡气得尾巴毛都乎了起来，它大声地说着，没想到声音却吵醒了那只趴在地上睡着了的狗。狗看见了地面上的契卡，就起身飞速地向契卡扑来。

当契卡发现狗时，狗已经近在咫尺了，契卡惊出一身冷汗，"啊呀"一声，赶忙拼命地向森林跑去。

狗怎么可能轻易放弃呢？快接近契卡时，它就张大嘴巴使劲一咬，契卡都能听到狗的上下牙齿碰撞发出的"咔嚓咔嚓"声。契卡一个急停，一个侧跳，躲过了狗致命的一咬。

但是狗也转得很快，当契卡刚要有些放松的时候，那只狗又来了，使劲地一咬。

幸运的是，虽然惊慌失措，但是契卡还是又一次躲过了危险。

契卡忽左忽右拼命地逃着，虽然每一次狗都咬不到自己，但是那只狗一点儿也不想放弃，所以契卡的身后还时不时地出现狗的牙齿相互碰撞的声音。

前面出现了一个小土堆，并不是很高。

契卡向它跑了过去。狗依然紧追不舍。即使跳上土堆又有什么用呢？对于狗来讲，跳上土堆不是更容易吗？但是情况并不像我们想的那样，在跑到土堆跟前时，契卡纵身一跃，跳上土堆，却又突然消失了。原来那个土堆是草原上的鼠类挖洞翻出来的土，堆在洞口的四周，远看就像个土堆似的。所以，契卡并没有消失掉，它是跳进了草原鼠挖出的洞里。狗一下失去了目标，只能耸着鼻子在洞口转来转去。

洞口太小了，狗肯定钻不进去，但是狗却舍不得放弃快要到嘴的猎物，于是用力地挖起了洞，但这也是白费劲，因为契卡知道不能原路返回，它早已从鼠洞的另一个出口跑到了地面上，悄悄地向森林跑去了。而那只狗还在费力地挖洞，它以为契卡还在洞里呢！契卡一跑到森林里，就上了一棵大树，看那只狗还在远处使劲地挖着洞，它得意地唱起了歌。

歌声把另一只松鼠招到了契卡的身边，它是契卡的妻子。它们相互嗅了嗅，碰了碰鼻尖，摩擦了一下身体。这是它们互相问候的一种方式。

雌松鼠显得特别高兴，因为它从丈夫的嘴边闻到了自己特别喜欢的红蘑菇的味道。

它在树上转了半天，却没有找到蘑菇。它有些生丈夫的气。这么好吃的东西怎么不想着自己的妻子呢？怎么可以自己吃独食呢？它"吱"地叫了一声，离开了契卡，跳上了树枝，钻进了自己的树窝。

契卡见妻子不高兴了，连忙跟了过去，想向它澄清误会，告诉它自己的嘴角上为什么会有红蘑菇的香味。可是雌松鼠根本就不让契卡进自己的窝，契卡刚在洞口探了探头，雌松鼠就冲它龇起了牙，嘴里一个劲儿嘟哝着："不许进来，你太讨厌了！"契卡不知道该如何跟妻子解释，很是无奈。最好的办法是给妻子找回那根红蘑菇赔罪。它从树上跳下来，在小溪边喝了点儿水，就开始寻找红蘑菇，可是找来找去，却连红蘑菇的影子也没有看到。

它又来到森林的边缘，向自己刚才碰碎红蘑菇的地方看了一眼，那只狗挖累了，却没有抓到猎物，早已离开那个土堆，慢慢地往家的方向走去了。

等狗的影子彻底消失不见时，契卡开始顺着原路返回，停停走走，很快就到了刚才碰碎了红蘑菇的那个树桩旁。碰碎的红蘑菇还散落着。

契卡捡起地上一小块一小块的红蘑菇，将它们塞到嘴里，幸福地嚼了起来。香喷喷的味道一下子就让契卡忘记了刚才的危险和无可奈何。

等自己吃好以后，契卡叼起最大的一块红蘑菇跑回了森林，来到妻子待的那个树窝，将头探了进去。

妻子好像还在生闷气呢，契卡赶紧把那一大块红蘑菇塞进树洞。香味一下子就吸引了雌松鼠。在回来的路上，契卡还惴惴不安，担心妻子心里的气没有消呢，但看到妻子见到红蘑菇后那温顺下来的样子，它也就放了心。

树洞里很快就传出了狼吞虎咽的声音，吃蘑菇的声音持续了一阵子，之后还传出了一声饱嗝。

契卡的妻子心满意足了，终于允许契卡钻进树洞，它们两个靠在一起，安详地入睡了。

森林里吹来一阵轻柔的风，树枝摇曳，那是微风送给它们的摇篮曲。

# 猎狗汉克的错误

## 一

　　很久以前，在美国境内还覆盖着大片森林，那个时代，肯塔基州的森林里住着一位老猎人杰夫和他的猎狗汉克。他们俩一直相处得很好。

　　杰夫单身一人，没有妻子儿女，与猎狗汉克相依为命。

　　杰夫一直把汉克当人来看待，他们从早到晚都生活在一起，一起吃饭，一起打猎，一起休息。

汉克非常厉害，它是专门捕熊的猎狗。

有一次，主人杰夫眼看就要丧命于熊口时，是汉克拼命将他救了出来。而汉克也是从小被主人精心养大的，他们彼此信赖。

那时候，森林里到处都能看到鹿、熊和鸟等动物，河里还有数不清的游鱼。所以，汉克和杰夫每次出去打猎都会收获满满。他们的日子过得特别充裕。当然，森林里也不是要什么有什么，比如，猎枪子弹里用的火药，还有茶叶和旱烟这里就没有。这些东西一短缺，杰夫就会带着熊皮、鹿皮到交易所去换。交易所就是卖各种物品的商店，它不同于一般的商店，在这里也可以以物换物。

除了毛皮，杰夫有时还会拿火腿来换取他所需要的火药和旱烟。杰夫的火腿是用熊的大腿肉做的，每年一入秋，汉克和杰夫就去森林里猎熊，然后再把熊腿上的肉做成火腿。

杰夫每年能打二十头黑熊。他制作的火腿肉一部分用来交换所需物品，其余的则留作自己一年的食物。但是杰夫自己也不是总能吃到火腿，因为制作火腿太费时间了，必须连续用烟熏上一个多月才能做好，所以火腿对杰夫来说，也是一种奢侈品，偶尔才能吃上一回。

交易所距离杰夫森林里的家有三十千米，光是带着沉重的火腿走过去就很不容易了；不过，杰夫做的火腿在当地很受欢迎，所以在交易所能卖上很高的价钱。

一八四八年秋天，像往年一样，杰夫又要制作火腿了。他在熏肉的小房子里并排挂上了二十个熊的大腿肉，每块肉都不是很大，但却特别适合制作火腿。

杰夫天天连续熏烤熊肉，望着这些很快就要被烤得焦黄的火腿，杰夫抑制不住内心的喜悦。

## 二

熏肉的小房子筑造得结实牢固，墙体是用圆木桩严严实实地垒起来的，门板也又厚又重——这样做完全是为了防备那些小偷。森林里的小偷不是人类，而是熊和一些小型的肉食动物，它们都曾来偷吃过火腿。屋顶的最高处留有一个小孔，作为排烟孔；小孔旁还安了一个盖子，平时都是关着的，以防那些小动物顺着小孔爬到里面去。

熏肉的小房子就建在汉克和杰夫住的小房子旁边。他们自己住的屋子窗户经常是开着的。

猎狗汉克总是在杰夫床边铺着的熊皮上睡，听到有什么可疑的动静，它就立刻飞奔出去，扑向那些心怀不轨的野兽或者是人类，这样，小屋的窗户即使不关，也是安全的。就是有小偷来到熏火腿的小房子跟前，也不能得逞。不过，汉克和杰夫总得出去，并且一走就是一个星期。这段时间，为了防止小偷进入，把熏肉小屋弄得牢固一些就显得非常必要。

现在进入了十一月。杰夫想吃一些火腿，就去了熏肉的小房子。突然，他发现有一个挂钩上竟是空的，火腿居然不翼而飞。

"哎，怎么回事？"杰夫数了一遍，只有十九个火腿，他又环视了一下四周，却看不出小偷来过的迹象。

　　杰夫赶紧叫他的猎狗过来。汉克正在啃咬着一个旧的熊头骨，主人一呼唤，它就慢悠悠地走了过来。

　　"汉克，你给我查一下，闻一闻小偷的气味，然后追上它！"汉克按照主人的要求，嗅了一遍小屋的四周之后，就渐渐地跑远了。没多会儿，它又转头回来了，继续啃咬那个熊头骨。

　　"火腿怎么会只有十九个呢？"杰夫琢磨着，按说，一头熊可以做出两个火腿来，不可能是单数。

　　"汉克，肯定有小偷，快出去找！"汉克和杰夫一起出去寻找小偷了，可这次同样没找到一点儿线索。

　　汉克对寻找小偷的事似乎不太积极，只在附近一带闻了闻，就跑回了小房子的后面，叼起了那里放着的一张旧熊皮。

## 三

　　两三天后，杰夫带着猎狗汉克进山去挖冬天捕猎用的陷阱。很多猎人都会在冬天没来之前先把陷阱挖好，这样一来，风雨就会把人的气味吹散，捕猎就变得容易了。

当晚，汉克和杰夫就在山上扎营了。

他们躺在篝火旁刚要睡着时，突然，附近的森林里传来了一声吼叫。

汉克和杰夫赶紧起身。

"是美洲狮啊！"杰夫马上就听出了那是具有山狮之称的美洲狮的吼叫声。不过，那叫声却同以往的叫声有所不同，就像女人哭闹一样，听得人心里很不舒服。

汉克大叫着冲进了森林，狗的叫声和美洲狮的悲鸣离得越来越远了。

汉克回来时，已是第二天早晨了。

它身上倒是没受什么伤，可看起来却无精打采的，显得坐卧不安。杰夫把吃的东西分给了汉克，可是它好像不饿似的，那么好吃的烤肉都提不起它的食欲来。

那天早晨，整个森林都似乎笼罩在一种可怕的氛围之中。杰夫满脑子都是附近山上住着的一些印第安人干的坏事，要么就是关于幽灵鬼怪的故事，以及昨晚美洲狮吓人的吼叫声。

　　于是，杰夫决定立即下山，回到他的小房子去。

　　到家后，他去熏肉的小屋看了一下，发现火腿又少了一个。

　　这回他可真生气了。他和汉克一起，把小屋的里里外外都仔细地检查了一遍。然而，小屋里既没有留下什么可疑的脚印，也没有任何人类或野兽靠近的痕迹。而火腿却接连不断地丢失了。

　　当天夜里，杰夫完全陷入了沉思。美洲狮那难受的吼叫、幽灵的传说，再加上火腿再一再二地丢失，这之间好像有什么必然的联系。

　　汉克还跟往常一样在熊皮上蜷着身子，但却不时地发出一声短促的叫声，四条腿还在微微地颤抖，睡着了之后还发出动静。

　　"不是被美洲狮伤到什么地方了吧？"杰夫说着，就检查了一下猎狗的身子，但汉克哪儿都没有受伤。

　　杰夫渐渐感到有些害怕了。这只连熊都不惧怕的勇敢的猎狗睡觉时竟会发出胆怯的叫声，他不由得打了个冷战，仿佛感觉到正有什么恶魔在向自己靠近。


# 四


　　杰夫睡不着觉，就一直盯着猎狗看，看着看着就想起了一件事。

　　印第安人巫师曾教过他跟狗做同一个梦的方法，他现在就想试一下。

　　杰夫伸手拿下挂在鹿角上的那块红手帕，盖在了正在睡觉的猎狗的头上，十分钟后，他拿下了那块手帕，盖到了自己的脸上，然后就睡着了，开始做起了梦。梦中的杰夫不知怎么就变成了猎狗汉克。变成了猎狗的杰夫睡在了熊皮上，过了一会儿，它站起身走到了主人的床边，先用鼻子尖轻轻地碰了碰主人的脸，站在那儿端详了半天，主人仍在沉沉入睡，于是它来到了屋子外面，直接向那个熏肉的小屋子走去。小屋跟前有一个很高的松树墩，它登上松树墩，跳起来攀上了那座熏肉小屋的屋顶，接着，它用鼻子掀开了排烟孔的盖儿，把头伸了进去。接着，它伸长脖子，就近叼出了一个挂在钉子上的火腿，把它从排烟孔那儿拽出来后再从屋顶上跳下来。

离这儿稍远的地方有一片沼泽地，那儿长着一棵喜马拉雅杉树，它叼着火腿到了那棵树下，开始吃起了火腿。吃饱后，它又在树下刨了一个洞，把吃剩的火腿埋了起来。

杰夫第二天早晨醒得很晚。一睁开眼睛，就见汉克还在床边的熊皮上睡着。

杰夫于是起身走到了外面，他还记得昨晚做的梦，他先到熏肉小屋里看了看，发现火腿又少了一个。

杰夫又向自己住着的房子看了一眼，发现汉克还像往常一样啃着那个熊脑袋。

杰夫独自一人向梦中的沼泽地走去。沼泽地的景色还有那棵喜马拉雅杉树都跟他梦里所见的完全一样。

树下还有被掘过的痕迹。杰夫用手试着挖了一下。结果接连挖出了一些骨头，都是熊大腿上的骨头。骨头上还残存着一些肉。

# 五

杰夫气呼呼地站在那儿，脸上的肌肉一个劲儿地抽搐，就连声音也跟着颤抖起来，像呻吟似的嘟囔着："哼，汉克这家伙！看我怎么收拾你！"杰夫铁青着脸看着自己的小屋，然后，他"啾"地吹了一声尖锐的口哨，招呼汉克赶紧过来。

可是，汉克却没像往常那样快速飞奔过来。

杰夫气冲冲地向小屋走去，看见汉克偷偷摸摸地想往草丛里躲。

"喂！到这面来！"杰夫大声招呼着，汉克翕动着鼻子不情愿地走了过来。

"跟我来！"杰夫朝沼泽地走去，汉克离杰夫远远的，鬼鬼祟祟地跟在主人的身后。

到了挖出火腿的地方，杰夫指着地上的一堆骨头向汉克厉声训斥道："这是什么？偷火腿的家伙竟然是你！你这个叛徒！"猎狗匍匐着爬到了杰夫的脚跟旁，轻轻

抓着主人的长靴，但是杰夫却狠狠地踢了它一脚，继续训斥道："叛徒！喂，你过来，我该怎么惩罚你呢？让我看看你的眼睛！"杰夫大步走回他的小屋，拿着枪出来了。汉克从距他二十米远的地方向他爬过来，不停地抽动着鼻子。

见自己偷火腿的事被发现了，它竟羞愧得站不起来了。

"过来！"杰夫一喝斥，汉克拖着硕大的身躯爬到了主人的身边，它两眼迷蒙地抬头看着主人。

杰夫握住了枪，枪口正对着汉克的两眼中间，过往的一幕浮现在他的心头。现在，汉克那两只深棕色的眼睛正饱含深情地看着杰夫。当年，眼看自己就要被熊弄死时，是汉克救了他呀！现在望着他的这双眼睛可是曾为救主人而置生死于不顾、勇敢面对黑熊的一双眼睛啊！杰夫无论如何下不了手。

他叹了口气，呻吟着说："你是我的狗，我不能杀你，但你却骗了我，所以，我再也不想和你生活在一起了。"说完，杰夫走进屋子，倒在了自己的床上，像小孩子一样抽抽搭搭地哭了起来。汉克也跟着爬进了小屋，它用舌头舔着杰夫从床上垂下来的那只手，想乞求主人原谅，但是杰夫却把手抽了回来，起身使劲踢了汉克一脚，大骂了一句："叛徒！"汉克抽动了一下鼻子，没有出声，垂头丧气地爬到了外面，接着发出了一阵伤心欲绝的叫声。汉克知道，自己已经被主人抛弃了。

## 六

杰夫在床上翻了个身，默默地躺了差不多有一个小时。之后，他站起身，拿过猎枪，又往口袋里装了一块肉，然后来到了外面。汉克还在地上来回地爬着。

"叛徒，跟我过来！"杰夫只简短地说了这么一句，就头也不回地走了。他一刻不停地走了两个小时，中途也没有停下来休息，汉克一直垂头丧气地跟在他身后。

不久，他们来到了乌哈乌河的码头，"杰克逊"号蒸汽船快要到了，杰夫一直等着船靠了岸。

　　轮船高高的甲板上站着几个人，看上去都很胖，有一个农场主，还有几个有钱人。那个个子很高的农场主向甲板的扶手处走来，他看到了正向码头走来、穿着毛皮衣服的猎人和他旁边的那只很惹眼的猎狗。

　　"您这只狗看起来很棒啊！"农场主说。

　　"它可是肯塔基最好的猎狗啊！"杰夫回答道。

　　"您能把它卖给我吗？"男人问道。

　　"不行，给我多少钱我都不卖。"杰夫说完盯着河对岸看了老半天。然后，他突然改变了主意，转过头来对船上的男人说：

　　"您能好好地照顾它吗？"

　　"当然啦！这只猎狗您打算卖给我了吗？"

　　"不，不卖。可是，如果您真像说的那样特别喜欢我这只狗，我就把它送给您吧！"

　　农场主没想到自己会白捡一只好狗，吃了一惊，杰夫说到做到，立刻往狗脖子上套了一根绳套，然后牵着它走过渡板，登上了船，把绳索的另一头递给了农场主。

　　"我住在新奥尔良，名叫拉宾。"农场主简单介绍了一下自己，说希望杰夫有机会去那里。

不久，船离岸了。一直目送着轮船远去的杰夫眼里蒙上了一层泪水。轮船渐行渐远，从甲板上传来了汉克一声高过一声的悲号声。

船都已经看不见了，但汉克的叫声却依旧回荡在水面上。

杰夫擦了一把泪水，忽然冲远方挥手叫了一声："你给我回来！"紧接着，他又扯开了嗓门大声呼喊起来，"不要离开我！那是我的狗！"但是，蒸汽船开得越来越快、离得越来越远了，汉克那充满悲伤的号叫已经随船远去了。

## 七

杰夫转身跑进了森林。他在森林里不停地穿梭奔跑着，向河下游飞快地跑了出去。距此三十千米的河下游还有一个码头。杰夫想追上那艘船，就抄森林里的近路，不顾一切地拼命跑着，三十千米极难走的森林路段，他只用了三个小时。

但是，当杰夫赶到那个码头时，"杰克逊"号已开离码头。

杰夫晃晃悠悠地走到了停船场，向那儿的人们打听那艘船下次停靠的码头，结果得知，船会一直开到敏菲斯，中途哪儿都不停。敏菲斯可是一个极远的地方，杰夫徒步根本无法走到。杰夫最终还是失望地回到了森林中自己的小屋。

一开始，杰夫想尽快忘掉汉克，但是，随着时间的推移，他却越来越思念汉克了。于是，一周以后，杰夫把毛皮、火腿还有一些别的值钱的东西都集中到了一块儿，然后扛起这些东西就到了交易所。

一到交易所，他就赶紧打听："'杰克逊'号下一次回到这里是什么时间？""你是说'杰克逊'号？它再也不会回来了。你没听说吗？那艘船前段日子离开这里没多久，就被顺流而下的原木给撞沉了，据说只有一个黑人厨师获救。"杰夫听后愣住了，他瞪着一双无神的眼睛，好一会儿才自言自语地说道："我要是也在那艘船上就好了。"之后，有很长一段时间，杰夫每天都要到交易所附近的酒馆里去喝酒，他无精打采地过日子，钱很快就花光了。

后来，杰夫又振作起来，他找到了一个邮递员的差事。有一天，他听别人说，那个"杰克逊"号沉没的时候，被救出来的不是厨师，而是一个带着一只大猎狗的男人；还听说，这个男人是被那只狗给救出来的，狗一直把那个男人拽到了岸上。闻听此言，杰夫赶紧打听那个被救出来的男人的名字。

"那个呀，似乎是叫培根或者是拉宾什么的。""那么，那个男的是不是要到新奥尔良去？"由于杰夫问得太过热切了，结果把说话的黑人吓了一跳："不知道，我不知道他要到哪儿去。"

## 八

杰夫立刻就换了工作，做了甲板的装卸工。两周后，杰夫随船到了新奥尔良。

杰夫很顺利地找到了拉宾的家。那是一所高大而又漂亮的房子。个子高高的男主人迎了出来。

"我的狗在什么地方？"杰夫一开口就是这句话。

拉宾叹口气，对杰夫讲起后来发生的事："那天晚上，船被打沉了。当时，是你给我的那只狗把我拽到了岸上，它一直叼着我游过急流，只有我一个人被救出来。回到家后，不用说，家人们都无比疼爱它，狗对我们也很好。可不知为什么，那狗却总是往外跑。我觉得很奇怪，就出去找它，就见它经常站在码头那儿，一直眺望着开过来的船，还仔细审视着从船上下来的人，而且还挨个儿地嗅着他们身上的味道。船开走时，它就悲伤地号叫。"

拉宾又接着说道："有一天，一位住在山上的朋友给我寄来一些山里的野味，是用竹篮子装着的，打开来一看，里面是用熊大腿肉熏制的火腿，竟装有六个。家人都过来分享火腿，吵吵嚷嚷的，汉克也被叫进了那个屋子，看到火腿后它就一个劲儿地嗅着，突然，它短促地叫了一声，急速地冲到了外面，它在院子里的草坪那儿站了老半天，悲伤地号叫起来，那叫声听得人心如刀绞。紧接着它就向码头跑去了。我立刻骑马在后面跟着它，可是当我抵达码头时，一切都晚了。"杰夫不知道拉宾接下来会说什么，就一直紧张地盯着他。

"映入眼帘的是汉克的尸体，它的头已经被割破，身子也被弄得稀烂了，听码头上的人说，这只狗一看到船，就猛地跳进了水里。船上的人们想把狗打捞上来，但它张嘴便咬，紧接着它就沉到水里并钻到了船底下，结果被船底的桨轮给打死了。我赶到时，它身上还是热的呢。"拉宾指着种植有柏树的地方说，"它就睡在那里。"那儿立着一个白色的小石碑。杰夫用可怕的眼神盯着小石碑，然后他用嘶哑的声音断断续续地嘟哝着："它是我的狗……那样的事……我不应该……我不应该……我……应该……饶恕它……它是我的狗……它……可是我的狗啊……"杰夫转过身，伤心欲绝地回去了。

　　六个月后，在距离汉克的墓碑三千二百千米远的地方，也出现了一个小土包，那是杰夫的坟墓。这个坟墓以前在大道旁，后来那条路废弃不用了，人们也就把它给忘了。另外，这个坟墓和三千多千米外的新奥尔良那块白色小墓碑有着怎样深的联系，知道这事儿的人，现在恐怕也没有几个了。

# 狐狗乌利

## 一

可爱的小狗乌利出生于英国北部一个叫切比奥特的小山庄里。

与乌利同时出生的还有另外几个弟兄姊妹。

在这一窝小狗当中，只有乌利和它的弟弟被主人留了下来，其他的都送了人。乌利是一只黄色的漂亮小狗，而它的弟弟则长得很像当地最好的狗。

当地的人管乌利叫狐狗，可不是因为它是狐狸和狗的混血儿，也不是由于它跟狐狸的毛色特别相似。所谓的狐狗，其实就是说它兼有各种狗的特征，说白了就是混有各种血统的杂种狗。

传说狐狗的祖先是野生的胡狼，因此狐狗的身上明显地具有胡狼的性格和体色。总之，狐狗特别聪明，精力旺盛，身体特别健康。同其他的狗相比，它还具有坚韧不拔的意志。

"纯种"狗里，有速度极快的猎狗和勇猛无比的老虎狗。现在，假如把这些"纯种"狗和"杂种"的狐狗一起丢在一个荒无人烟的孤岛上，那么半年以后，会是什么样呢？

因为身在荒岛，所以这些狗都得依靠自己的力量才能活下来。半年后我们再到那里去看，那么，能在荒岛上生存下来而且还活得很好的一定是狐狗。狐狗既没有猎狗跑得快，又没有老虎狗那么勇猛，但由于它们天生的身体特别健康，所以它们很难染上什么疾病；此外，尽管它们不善于激烈作战，但却懂得如何才能更好地生存下去。毕竟，健康和机智才是生存之道。

在狐狗当中，这种胡狼型的遗传特征有时会表现得特别明显，无论是脾气还是在体力方面。

这样的狗多数还长着一对竖起的尖耳朵。此外，它们还特别狡猾，有时行事会很鲁莽，这缘于它们天生具有的一种奇特野性，这种野性在某种极端情况下会表现为一种残暴。总之，你得对它们特别留神才行。

这里我要说的狐狗乌利是一只长着一对竖起来的尖耳朵的狗。


## 二


乌利在幼年时代，过着一种普通的牧羊生活。它和老牧羊人罗宾生活在一起。

老罗宾的智力比一只狗也强不到哪里去，所以教给乌利牧羊的不是老罗宾，而是那只牧羊犬。到乌利两岁时，它已经掌握了全套的牧羊技巧。老头儿对它是完全信任的，他只需动动嘴，对乌利说："你给我好好地看着羊吧！"自己就可以放心大胆地跑到一个小酒店里喝起酒来。因为乌利特别听老罗宾的话，只要主人一发话，就会按着主人说的去牧羊了。对乌利来说，罗宾老头儿就是人类中最重要的，也是最伟大的人物。

在乌利的心目中，再没有比罗宾更伟大的人物了。而罗宾只不过是一个被雇用的牧人，每周拿着五先令的微薄薪水，年纪一大把了，还酷爱喝酒的，实在太普通了。

老罗宾的雇主有一天说："你给我把羊赶到约克郡的市场上卖了！"老罗宾一共带了三百七十四只羊，这些羊被乌利赶着，走进了诺散巴伦多草原。

一路上什么事也没发生，很顺利。

很快，他们就到达了蒂尼河。羊群在这里被赶上渡船，安全地抵达了萨乌斯·希尔兹港。这个港所在的城市里有很多大工厂，烟囱林立，从里面呼呼冒出来的黑烟弥漫在整个城市的上空。

看到那一团团翻滚的浓烟，羊群惊慌失措。这低悬的黑云让这群羊以为故乡那异乎寻常的大风暴很快就要来临了。所以当它们一被卸下船，便四处逃窜，三百七十四只羊很快就分散到这个城市的各个方向。

这下老罗宾可急坏了，他手足无措，大脑一片空白，不知道该怎么办才好，只能眼睁睁地瞧着这些羊四处乱窜。

老罗宾用他那不太灵光的脑子考虑了很长时间，终于想出了一个好办法，他下命令说："乌利，去把那些羊都给我赶回来！"就连这样简单的事，老罗宾也是费了一番脑子才想出来的。对乌利来说，罗宾的命令就是上帝的命令，它立刻照办不误。

乌利跑了出去，很快就把这些奔跑的羊赶了回来，带到了罗宾的面前。

老罗宾这会儿工夫也没闲着，他趁乌利出去找羊的时候，悠闲地坐在地上，编起了袜子。乌利向他表示"羊都回来了"，老罗宾开始清点数目，发现少了一只。于是，老罗宾对乌利说："数目不全，少了一只吧！你再去找找。"乌利听了躁得要死，立刻缩着身子又跑了出去。乌利走了没多久，旁边有一个小男孩对罗宾说："你数错了，那羊不是三百七十四只吗！"老罗宾于是又数了一遍，不多不少整整三百七十四只，全部都在。

这一下老罗宾可为难了。他的雇主让他尽快把羊赶到约克郡去。要是等乌利回来，估计就要误点了。另外，乌利对他又是言听计从的，只要是他的命令，不管费多大劲它也一定要办成。这次它要是找遍全城也找不到丢失的那只羊的话，即使是偷它也要带回来一只的——以前就有过这样的事例，老罗宾越想越不安。

这次乌利要是再偷一只羊回来，在这异地他乡，无疑将是更加麻烦的一件事。

"这可怎么办？"老头儿用他那愚钝的脑袋思考着。

如果不把这些羊按时送到，一个礼拜的工钱就泡汤了。

但乌利是一只好狗，丢掉它又着实有点儿可惜。可雇主的命令又不能不听啊！再说，要是乌利真的去偷另外一只羊来凑数的话，那后果不知道会有多严重。思来想去，他还是决定放弃乌利。

此时，乌利已经跑了好几千米路，它找了一整天。可是，它还是一无所获。到了晚上，它精疲力尽，饥肠辘辘，满脸羞惭地偷偷回到了渡口。然而羊群和主人却不见了。

乌利悲伤地打着响鼻，在附近来回地奔跑着，接着它又搭上了渡船，到河对岸去寻找罗宾。当它发现主人不在那里时，就又返回了萨乌斯·希尔兹港口。接下来，它又花了整整一夜的工夫，四处找寻那个它所崇拜的老头儿。

可是，老头儿和羊群都到哪儿去了呢？不管乌利怎么寻找、到哪里寻找，再也没有发现他们的身影。

三

第二天，乌利还是没死心，它继续寻找它的主人。

它好几次渡过河去又渡了回来，它仔细地察看着每一个到河这边来的人，每一个都要去嗅一嗅，还是一无所获。

乌利可是一只头脑特别聪明的狗。它循着酒味，跑遍了这个城市的酒店，挨个儿地寻找起它的主人。

又过了一天，乌利又回到河边，开始做广泛详细的调查，它开始有意识地嗅起所有从渡口那儿经过的人。这儿的渡船每天要来回五十次，每一次平均载客一百人，所以，乌利用这种方式检查过五千个人的脚。五千人的脚也就是一万只，所以乌利一天总共要检查一万只脚。

渡口那儿的男人们都很同情乌利，他们给它送来吃的东西，可它连看都不看一眼。大家也不知道它是怎么活的。

后来，它终于熬不住了，终于接受了那些食物。尽管吃了别人的东西，但是乌利却不亲近他们，它似乎要把老罗宾寻找到底。

我认识乌利，已是它被丢在这个城市一年零两个月之后了。这时的乌利还是每天在渡口那儿继续嗅着那些来往乘客的脚。

它已经恢复了原来漂亮的外貌，聪明伶俐的脸庞，一对竖起来的耳朵，配上一圈白色的颈毛，实在是只引人注目的漂亮狗。

乌利也嗅了嗅我的脚。可当它明白我不是它要找的那个人后，就再也不看我一眼了。我一次次亲切地同它打招呼，但它却丝毫也没有对我亲近的表示。

乌利没有返回故乡去，是由于它太相信它那个主人老罗宾了，它一直希望他能回来找它。

两年时间，乌利在这个渡口已经调查过六百万只脚了。

有一天，一个魁梧的牲口贩子从船上走了下来。乌利一嗅到那个男人的气味，就激动地浑身直打哆嗦，全身的毛都竖了起来。它情不自禁地发出一声低沉的吠叫。渡般上的一个船夫见此情景，便对那个陌生人喊道："喂，你别把我们的狗吓坏了！""谁吓它啦，你这个傻瓜，看看到底是谁在吓唬谁！"不过，进一步的解释似乎不需要了，这时乌利的态度突然来了一个一百八十度的大转弯，它竟然讨好起了那个牲口贩子，使劲地对着他摇动自己的尾巴。渡船上的男人感到很奇怪，就多问了几句，这才解开了心中的疑问。原来，这个人是老罗宾的朋友，老罗宾平时戴的手套和很长的围脖如今都戴在了这个人的身上。

## 四

那个牲口贩子叫道利。

见到这个牲口贩子后，乌利寻找主人的行动好像也就到此为止了。它抬头望着道利，一刻不停地摇着尾巴，很显然，它已下定决心要跟随道利走了。而道利呢，也就非常高兴地带走了乌利。

道利的家住在达比峡山中，乌利在那里重操旧业，过起了牧羊生活。

乌利的牧羊工作做得非常出色，根本挑不出任何毛病来。羊群吃草的时候，它就在旁边看着；到了晚上，它就把它们全都赶进羊栏。

这儿的邻居们每年都会被老鹰和狐狸咬死一些羊，但是从乌利来了之后，道利再也没有损失过一只羊，这都是乌利看护的功劳。

乌利确实是一只优秀的牧羊犬，可是它却经常会为着一些什么事而变得脾气特别暴躁。对不熟悉的人，它会马上露出尖利的牙齿。这大概与它被主人抛弃时间太长，它长期在寻找主人无果的焦虑中度过有直接的联系吧！在达比峡山上有一个特别有名的溪谷叫蒙撒台尔。这个溪谷里岩石重叠，到处都是陡峭的悬崖和岩洞。这里居住着很多狐狸，它们不时地跑来祸害附近的牧场和农庄。不过，现在居住在山谷里的狐狸却不像过去那样猖獗了。

一八八一年，这个山谷里出现了一只狡猾的老狐狸。

那只狐狸弄死了很多农家的鸡和山羊，人们一放狗出去追它，它就会逃进山里一个被称为"鬼洞"的岩石洞。"鬼洞"很深，不知通向何方，洞口又很窄，狗根本钻不进去。所以这只狐狸只要一逃进那里，那些猎狗就毫无办法了。

有一回，那只狐狸眼瞅着就要被一只猎狗抓到了，可是这只猎狗不知怎么突然就发了疯。从那以后，大家都深深地相信，那只老狐狸一定是鬼附身了。

老狐狸继续干着它祸害农家的勾当，而且越来越嚣张了。它现在把家畜弄死似乎不是为了果腹，好像纯粹是为了好玩。它曾在一夜之间就弄死了十只小羊，第二天夜里，它又弄死了七只。就这样，到最后，村子里所有的小羊几乎都被它弄死了。

关于那只老狐狸的事，大家只了解这么一点儿，谁也没有亲眼见过，只是根据脚印判断，这家伙身材很大，最起码，也是只脚印挺大的狐狸。现在，无论多么出色的猎狗都很怕它，没有一只猎狗愿意出去追踪它的。

村里人商议，只要天一下雪，就出去抓那只老狐狸，一定要把它给干掉。可是雪却一直没下。

一个狂风暴雨的深夜，我步行到蒙撒台尔去。在斯蒂德家羊栏那儿刚要转弯的时候，前方突然冒出一道雪亮的闪电，把我吓了一跳。就在这一刹那，我发现离我二十米远的路旁，蹲着一只硕大的狐狸，两只凶巴巴的眼睛直愣愣地盯着我，还一个劲儿地来回舔着嘴巴，就像发现了一个猎物一样。这只是一瞬间发生的事，很快，四周重又恢复了黑暗。如果以后没有发生什么事的话，我恐怕就把这件事给忘了。

可就在当晚，老斯蒂德家羊栏里又有两三只小羊连同小羊的父母都被弄死了。看来，这又是我曾看到的那只老狐狸干的。

虽然这只老狐狸接二连三地祸害家畜，但是住在受害区中心的道利家却没有一点儿损失，他家连一只小羊都没丢过。道利家住在蒙撒台尔溪谷的附近，可他的羊却平安无事，人们一致认为，一切都要归功于乌利的忠于职守，乌利受到了人们的一致赞扬。

尽管赞扬的话很多，不过，它在村子里却不怎么讨人喜欢。因为乌利脾气倔强，性格古怪，所以人们虽很尊重它但却不太喜欢它。

乌利好像很喜欢道利的女儿荷达。荷达是个聪明漂亮的小姑娘，她很疼爱乌利，所以乌利特别听荷达的。至于荷达的父亲道利和家里其他人的吩咐，它只是偶尔才会听一听，而对于另外的一些，不论是人是狗，它好像全都憎恨。

有一天，我正在道利屋后一条穿过沼泽地的小路上行走，不知何时，乌利跑了过来，在那条小路当中一站，把身子一横，眼睛不知在凝视着远方的什么。

我避开它绕道前行，它马上追上来，像刚才那样，横着身子挡在我前面。我想再次避开它，可是衣服不小心擦着了它的鼻子，我的脚就突然被它给咬住了。

我赶紧用另一只脚去踢乌利，又用石头砸它，石头击中了它的腰，乌利滚进了旁边的一个水沟里，不过，它很快就从水沟里跳出来逃掉了。

乌利就是这样一只怪脾气的狗，可它却对自家的羊群很负责任。


## 五


十二月末，雪花终于飘了下来。

可怜的寡妇盖尔特，她仅有的二十只羊，全都被那只老狐狸活活地弄死了。于是，村里的农民们带着枪，循着雪地上留下的脚印，开始追踪搜寻那只老狐狸。

　　村民们顺着它那清晰的大脚印来到了河边，由于河水还没有结上冰，所以脚印在这里消失了。而在河对岸搜查却没找到它上岸的脚印。经过长时间的搜寻，人们才在距离此处五百米的地方，找到了它出水的痕迹。可见那只狐狸是多么狡诈，它在水里走那么远，为的是清除自己脚上的气味。从脚印上判断，老狐狸上岸之后，又往前走了一会儿，跳到了一个很高的石墙上，由于那石墙上的雪都已融化了，因此人们就再也看不出它往哪儿跑了。

　　但是这些人仍不放弃，他们顺着石墙继续努力地搜寻，一会儿，就在石墙附近的一块平平的雪地上再次找到了那个脚印。他们再跟着脚印追去，就来到了一块高地。可它接下来往哪儿走了就不太明显了。

　　"老狐狸应该是沿着这条路往上跑了。"一个人说。

　　另一个人马上说："我看不像，它一定是往下跑了。"

　　最后还是老乔出面才化解了他们之间的分歧。人们又经过一段长时间的搜寻，最后有了新发现。

有一个人喊了一声："有啦！"大家都跑了过去。

有人说："这脚印似乎太大了吧！"

但很多人都说："可是，无论怎么看都和以前我们发现的脚印一模一样。"于是大伙儿又沿着那大脚印追了过去。

那脚印离开了道路，进入了附近的一个小羊栏里，可是，看样子，它没有伤害羊栏里的羊就跑掉了。

离开羊栏，那脚印又出现在沼泽地的那条路上，然后又沿着那条路，径直到了道利的庄园里。

因为那天下了雪，所以道利家的羊群都没有被放出来，乌利无事可做，就躺在几块木板上晒太阳。

当人们跑近屋子时，乌利"汪汪……"地吠叫起来，但是，或许是来的人太多的缘故吧，它叫了几声后马上就从木板上跳了下来，偷偷地溜到羊群里去了。

在这群追赶老狐狸的人当中，老乔最是精明强干了。

他看到乌利从木板上下来后在雪地上踩出来的脚印，马上愣住了。他可是一个聪明人，只看了那脚印一眼，马上就断定那脚印同老狐狸踩出来的脚印一模一样。

"喂！大家快看！"老乔指着正在后退的乌利，大声地说，"伙计们，我们逮狐狸可能是看走了眼，弄死寡妇羊群的凶手就在这里。"

有些人同意老乔的看法，可是还有另外一些人不太相信，他们说："我们还是回去再重新调查一次吧，别忘了，来的时候，那些脚印也有很多可疑的地方啊！"这时，乌利的主人道利从屋里走了出来。

老乔立刻嚷了起来："喏！道利，你家的那只狗昨晚咬死了盖尔特寡妇的二十只羊。依我看，它杀的羊还不止寡妇一家的呢。"

这下，道利可急了："怎么，老乔，你是不是疯了？我家的狗多么尽心尽责，你又不是不知道。我还没养过比它更好的牧羊犬呢。它对羊群可关照着呢！"

"那倒是！它确实对羊很关照。看它昨晚干的好事，你那只狗是怎么关照羊群的，我们大伙儿现在再明白不过了。"老乔回答说。

听了这些，道利非常气愤："你这是在故意找碴儿，你让大家说说，你一定是妒忌我养了一只好狗，想把它从我手里给抢走吧！"于是，村民们就把追踪脚印的经过讲了一遍，可是不管大家怎么说，道利就是不信，他告诉大家："乌利每天晚上都睡在厨房里，哪儿都不去。家里人要是不让它出去放羊，它就不出去。你们瞧，它一年到头跟我的羊群守在一起，我的羊一只也没有少过。"

## 六

双方争得面红耳赤，怒火中烧。这时，荷达姑娘走了过来，她想出了一个好主意："爸爸，今晚就让我睡在厨房里吧，乌利晚上是不是出去，我一看就知道了。要是它没往外跑，谁家的羊又被弄死了，那就证明不是乌利干的。"既然荷达都这么说了，大家也就都消了气，各回各家去了。当晚，荷达就睡在了厨房一张长靠椅上。乌利还是跟往常一样，睡在了桌子底下。

夜越来越深了，乌利开始变得烦躁不安起来，翻来覆去睡不着，其间还爬起来一两次，伸伸腰，朝荷达望了望，再重新躺下。

到了夜里两点钟左右，乌利似乎再也忍受不下去了。它悄悄地站起身来，先朝低矮的窗户望了望，又看了看躺在长椅上的荷达。荷达一动没动，看样子像睡熟了。

乌利慢慢地走近她，嗅了嗅。荷达感觉到了狗往她脸上喷了一口气，但她还是一动没动，装成熟睡的样子。

乌利用鼻子尖轻轻地推了推她，然后耸起耳朵，歪着脑袋，仔细地端详这张平静的脸庞，老半天，还是看不出有什么异样来。

于是，它静悄悄地离开了姑娘，走到窗前，悄无声息地跳到桌子上，鼻子凑到窗闩底下，把分量不重的窗框给顶了起来，之后伸出一只前脚爪，将它的身体稍微探出去一些，再把鼻子凑到窗框底下，把它顶到足够爬出去的高度。乌利一面往外爬，一面让窗框顺着它的脊梁、屁股和尾巴自然往下滑落。

那动作娴熟的样子，说明这已经不是一回两回了。接着，它就消失在黑暗中。

荷达躺在长靠椅里，微微地睁开眼睛，这一幕她从头到尾都看在了眼里，直到乌利离开了窗户。

荷达万万没想到乌利会这样，她简直是太吃惊了！不过，这也不能说明什么。在没把乌利的去向弄清楚以前，她还得一直在这屋里等着。荷达悄悄地坐起来，她想把父亲叫来，但很快又改变了主意。她决定等到有了确切的证据时再说。

荷达隔着窗户，朝漆黑的屋外望了望，可是乌利一点儿踪影也没有。

她又往暖炉里加了些木柴，重新在长椅上躺了下来。接下来的一个多钟头，她都大睁着双眼躺在那儿，倾听着厨房里时钟的嘀嗒声。时钟嘀嘀嗒嗒，又一个钟头缓缓地过去了。窗户外边发出一种轻微的响声，荷达的心几乎要跳出来了。一阵扒抓的声响过后，窗框便被抬了起来，同时，乌利的身影从窗户里滑了进来，它用屁股把窗户关好，回到了厨房里。

荷达又偷偷地眯起眼睛，借着厨房灶台里摇曳的火苗，她在乌利的眼睛里看到了一种奇特的、野性的亮光，令人吃惊的是，它的嘴巴上、还有雪白的胸脯上都溅满了鲜血。

乌利屏住呼吸，又仔细地把荷达端详了一番，见她没什么动静，好像一直睡得很熟，这才放心地躺下来，开始舔它的爪子和嘴巴上的鲜血。

看到这里，什么都清楚了。荷达猛地从躺椅上坐起来，直盯着乌利喊道："乌利呀！看来全都是真的啦！羊都是你咬死的！唉！乌利，你这可怕的畜生！"听到荷达对它说了这些话，乌利好像中了枪弹似的抽搐了一下。然后，它朝那扇紧闭的窗户瞥了一眼，那样子像是很绝望：不能马上逃出去！它脖子上的毛立刻竖了起来，可是它很快就表现出一副乞求宽恕的样子，爬向荷达，等到快要紧挨着荷达时，它突然露出牙齿，朝荷达的喉咙扑去。荷达一着急，赶紧用胳膊挡住了咽喉，可是乌利那长而尖利的獠牙，已经嵌入了她胳膊的皮肉里，咬到骨头了。

"爸爸！救命呀！爸爸！"她拼命地扯着嗓子叫了起来。

乌利的进攻是极猛烈的。它现在完全把整日照顾它的姑娘当成了自己的敌人，如今它已是恶鬼缠身了。

就在乌利将要咬住荷达的喉咙时，道利冲了进来。

乌利又立刻转身朝道利扑去，开始向这个长期以来的主人挑战了。

一人一狗扭打在一起，直到道利挥舞的柴刀给了它致命的一击，它的身体才颤抖着滚落在冰冷得像石头一样的地板上，死去了。

# 印度猴子吉妮

## 一

一天，华特曼动物园里新运来了一只用金属丝捆绑得结结实实的笼子，笼子上面钉着一块木板，上面写着"危险"两个大字。

动物园的饲养科科长约翰·波纳米刚一靠近笼子，就听见里边传出一阵"咔咔咔"敲打笼子的声音，紧接着又是一阵晃动铁栏的"哐啷哐啷"声。看来，里面的动物确实够危险的。

隔着铁笼和木板，凭借多年的经验和判断，波纳米很快就猜出了里面装的是什么动物。不错，里面确实装着一只母猴子，它来自印度。印度所有种类的猴子中，就属这种猴子最高大，它站起来能有一米多高，这种猴子也最凶猛，一旦发起狂来，几乎没有人能对付得了它。所以，这种猴子对人类来说极具危险性。

饲养科的其他员工听说新来了一只动物，都聚集过来观看。这时候，笼子里的猴子闹得更凶了。一位饲养员想帮它打扫一下笼子里的粪便，他刚把扫帚伸进去，母猴子就冲了上来，一把把扫帚抢了过去，"咔嚓咔嚓"几下就把扫帚把给咬烂了。它还一面不停地拍打栅栏，想把围观的人给吓走。

有一个叫杰夫的员工，专门负责照顾猴子，他自认为有能力使这位新来的客人安静下来。可是当杰夫刚把头贴近笼子往里瞧的时候，突然，笼子里面伸出一只毛茸茸的爪子，飞快地在杰夫脸上抓了一下，不但抢走了他的眼镜，还在他的脸上留下了几道深深的抓痕。

杰夫气得暴跳如雷，忍不住咒骂起这只"浑蛋"猴子来，可那又能怎么样呢？谁让他面对的是一只不懂人事的猴子呢！他也只能在那儿干生气。看到杰夫的狼狈相，其他工作人员忍不住哈哈大笑起来。

波纳米本来还想到别的地方去巡视一下，可他一走开，这边就吵闹起来，于是，他便停下脚步折返回来。实际上，波纳米对照顾动物有着多年丰富的经验，听到吵闹声，不用亲眼去看，就能猜个大概。他走过来对这些员工说道："你们别忘了，实际上猴子跟咱们人类差不了多少。人到了一个陌生的环境，也是需要时间来适应的，何况动物呢？所以，你要对新来的动物多一些耐心，我们把它们照顾好了，它们才会对新环境产生充分的安全感。那么，大家就来试试同它说点儿什么吧！"

波纳米说着，便让大家离笼子远点儿，这样才能使这只暴躁的猴子安静些，他自己则蹲在笼子旁边。他对着猴子轻声细语地说道："你刚来这里，首先应该有一个名字，我想想，该给你取什么名字好呢？就叫你吉妮吧，对，吉妮，我们以后好好相处吧，相信用不了多久我们就会成为朋友的。你说呢，吉妮？"波纳米的声音特别柔和，他的手、脚始终保持静止状态。

波纳米那种温和而镇定的声音起了作用，笼子里的吉妮竟然渐渐地平静下来了，它不再"呼呼"地喘粗气，而是在一个角落里慢慢地蹲下来，两只瘦瘦的爪子交叉在了一起。不过它的脸色还是很可怕，眼睛直瞪着波纳米。

这时，一阵风吹来，差点儿刮掉了波纳米的帽子，他连忙伸手去按帽子，吉妮见波纳米把手举起来，立刻又是一阵咆哮。

"吉妮，你以前大概经常挨打吧，所以才这么没有安全感吧！可怜的小家伙！"波纳米轻轻说着，仔细地察看起吉妮的身体来。吉妮的身上果然尽是伤疤。

吉妮是从遥远的印度用船运来的，船在海上连续很多天不停地颠簸，有时还剧烈地摇晃。它被装进这么小一个笼子里，船体震动得很厉害，而笼子的活动范围又很小，吉妮难免会因烦躁而大吵大闹，那些没有耐性的工人自然不会善待它，为了让它安静下来，他们一定没少打它。所以现在一有人靠近它、稍有动作时，它就以为自己又要挨打了，于是就会大喊大叫。

波纳米非常喜爱动物，也喜欢给它们提供舒适的生活，因此，不论什么样的动物，他都能与它们友好相处。而且，越是凶猛的动物，他越是有兴趣把它们训练好。

大家都说用不了一天，这只印度猴子就会乖乖地听波纳米的话。波纳米听了，只是笑笑，什么也没说。

接下来，波纳米让员工把吉妮从那个小笼子里搬运到动物园的大铁笼子里。

多数情况下，装动物的笼子门一打开，里面的动物就会跑出来，毕竟谁也不爱被困在那么小的空间。然而吉妮却例外，它没有出来，依然一动不动地躲在笼子的最里面，紧锁着眉头，用警惕的目光打量着四周。

波纳米非常清楚吉妮为什么不愿意出来。因为在此之前，人们对吉妮太过于粗暴了，它遭受了太多的折磨，所以才会对人类产生了怨恨和防备的心理。看来，让吉妮完全放松需要时间，首先必须取得它的信任，除此之外没有更好的办法。于是，他便叫大家重新回到自己的工作岗位，暂时不要去招惹吉妮。

　　一整天，吉妮都不敢从笼子里出来。傍晚时分，波纳米忙完了其他工作，又悄悄走过来，想看看吉妮怎么样了。结果发现，吉妮已经从它栖身的小笼子里走出来了，它走到大笼子里的水槽边，洗了洗自己的手和脸。这是它离开印度后，第一次有机会好好清洗自己的身体。

　　洗完后，吉妮再次提心吊胆地看了看四周，它的旁边摆放着很多的食物，尽管那些食物很诱人，但它还是不敢动手吃。它在大笼子里小心翼翼地转了一圈，用手指头触摸一下铁笼子新涂的油漆，接着又回到水槽边喝了点儿水，然后坐下来开始捉身上的跳蚤。很快，它又站起身来，看了看那个曾经装过它的小笼子。

　　时间过去了好久，吉妮还是没有吃东西，猴子也跟人一样，过于疲惫时是不会感到饥饿的，顶多也就是能多喝一些水而已，这时候，它需要的更多是休息。

## 二

第二天，吉妮躲爬到那个小笼子顶上。

饲养科的杰夫想把原来那个装吉妮的小笼子拿出来清洗一下，可是，他担心吉妮还会像昨天那样大吵大闹，于是，便提前准备了一根带钩的木棒，想用这根木棒把那个小笼子钩出来。

杰夫刚把木棒伸进去，吉妮就看到了，它迅速跑过来，想把杰夫的木棒夺过去，杰夫就用木棒捅了它一下，吉妮马上就"哇哇"叫了起来，大闹个不停。

杰夫经常听波纳米说不要跟动物作对，否则会给动物园添麻烦的。可今天这件事却实在让杰夫难以忍受，于是他忍不住跑到波纳米那里发牢骚说："这只猴子实在是太难伺候了，有它在，笼子根本就拿不出来！"于是波纳米便和杰夫一起去看吉妮，见到有人过来，吉妮立刻愤怒地吼叫着，还冲着他们扑了过来。幸好有那个大笼子挡着。

　　见此情形，波纳米知道肯定是杰夫激怒了吉妮，于是便让杰夫先到一边回避一下，自己一个人走到笼子边，对吉妮用责备却很亲切的语调说起话来："吉妮呀，你不为自己的行为感到害羞吗？我们都把你当作朋友来看待，你应该感到幸福呀！可是，你为什么还要这么野蛮地对待大家呢？你说你羞不羞？"波纳米就这样亲切地对吉妮说了十几分钟的话，吉妮才渐渐平静下来。过了一会儿，它爬到高高的台子上，面部表情还是那么吓人，它盯着波纳米没完没了地看着，似乎在想："这个男人和我见过的人似乎不太一样，他的声音听起来多么温和呀！"见吉妮的情绪已经安定了下来，波纳米便决定亲自把笼子里的小笼子弄出来，他慢慢地把长木棒伸到了笼子里，其间吉妮也做了一两次向他扑的动作，但直到最后它也没有真正扑过来。每到有这个动作时，波纳米都会停下来，跟它温柔地说着什么。猴子未必理解人类的语言，但一定能区分出人类语言的善恶，波纳米一直这么想，而且他觉得它能够明白自己对它好，只要他善待吉妮，吉妮一定也能与他友好相处的。

　　由于吉妮一看到杰夫便会发怒，于是波纳米决定不再让杰夫来照看吉妮了，但为了不使杰夫感到难堪，波纳米就借故说吉妮很难训练，所以决定亲自照顾它。

　　在波纳米与吉妮相处了一个星期之后，吉妮的精神状态明显好转了，身体的变化也令人吃惊：它的体力恢复了，皮毛也有了光泽，身上的伤痕几乎看不出来了，看上去也迅速漂亮起来了。当它听到了什么声响，也不像原来那样胆怯和易怒了。

　　于是，波纳米决定把吉妮搬到一个更大的栅栏里，以便能让游客们早日见到它。波纳米在吉妮现在居住的铁笼里又放了一个小笼子，吉妮好奇地爬了进去，这时波纳米一拉绳子，吉妮就被关进了小笼子。虽然在搬进大栅栏之前，吉妮照例又大闹了一顿，但它最终还是很顺利地搬到了新家。

　　当时，搬运吉妮的一个员工说："这只猴子肯定会成为咱们动物园里人气最旺的动物。不过搬到新居后，它肯定会打架耍威风的。"

　　因为那个大栅栏里早已有十几只猴子了，所以吉妮搬进来后，很快就习惯了里面的生活。于是，它很快就恢复了调皮的本性。它常常和先前的那些猴子打斗，还想树立自己的权威，而每次打斗的结果也都是它占上风。那些猴子被吉妮吓得四处逃窜躲藏，最后都爬上了栅栏的最高处"吱吱"乱叫。

吉妮在那些惊叫的猴子下面烦躁地来回走动着，还愤怒地瞪着栅栏外面的游客。

有一天，饲养员进来喂食，吉妮却并不领情，还显得十分愤怒。饲养员也不理它，端着食物径直走了进去，当他弯腰背对着吉妮时，吉妮猛地扑上去，把饲养员的腿给咬住了。饲养员遭此突然袭击，吓了一跳，他使劲地甩动着被咬住的腿，把吉妮踢到一边，慌忙逃出了笼子。

经此一事，这位可怜的饲养员就断定，吉妮是只变态的猴子。

可波纳米却不这么想，他认为是吉妮刚到新环境，饲养员的突然出现让它感到害怕，实际上吉妮并不胆小，从它敢袭击饲养员就能看出来它极为勇敢。与胆小的猴子相比，有勇气的猴子更容易调教。波纳米相信吉妮一定会被驯服的。

之后发生的一件事证实了波纳米的判断。

有一天，波纳米早早地来到了栅栏边看望吉妮。这时，就见一只小猴子跑到了栅栏前，这小家伙一向惧怕吉妮。小猴子贴近旁边的笼子想偷香蕉吃，吉妮一直睁大眼睛，紧盯着它的举动。

当小猴子把爪子伸进那个笼子里时，吉妮悄悄转到它身后，等到小猴子拿着香蕉往后退时，吉妮迅速冲上去用两只爪子蒙住了它的脑袋。小猴子惊恐地大叫起来，这时，吉妮悄悄把两只爪子往上抬了抬，小猴子赶紧溜掉了。看到这一幕，波纳米暗想："好了，我明白了，吉妮既不胆小，也没有心理缺陷，更不像饲养员说的那么变态，我可以用不到一个月的时间驯服它。"


三


第二天，波纳米便开始对吉妮进行驯服。他采用的基本上是动物园训练动物的传统方法，此外，还凭借着自己多年的经验增加了一些新的内容。

训练的第一步，就是先获得吉妮的友谊，只有完成了这一步，才能谈其他的事。要获得吉妮的友谊，就绝不能做让吉妮感到恐惧的事。

波纳米刚来到栅栏边，吉妮一看到有人来，马上就跳到高的地方，并气势汹汹地冲波纳米大叫着，想吓唬他。可是无论它怎么大叫，波纳米一点儿都不害怕，他一动不动地站在铁笼前，静静地看着它，并跟它亲切地说着话，每次都这样。后来，吉妮觉得这么费劲地威胁波纳米也没意义了，于是，不到一个星期，吉妮就不再对波纳米大喊大叫了。

此后，当波纳米再来给猴子们送吃的东西时，不论从哪一个方向走向笼子，吉妮都会跑过去，发出低沉而略带威胁的声音，同时还爬到栅栏顶上，上蹿下跳，边大吼边敲打着自己的胸膛示威。

其间，吉妮仍会去骚扰其他的猴子，但是波纳米发现，即使有机会，吉妮也绝不会再伤害那些猴子了，只是吓唬一下对方而已。

训练期间，波纳米不让清洁工进笼子打扫卫生，以免吓着吉妮。每星期，他都亲自用很长的刷子探进去清洗笼子。第二个星期，吉妮便不像从前那样对波纳米那么警觉了，波纳米便想进到栅栏里试着接近一下吉妮。当他把自己的想法告诉园长后，园长很替他担心："不行啊，那样太危险了！万一它发了疯，咬住了你的脖子，就不好办了！"可是波纳米还是坚持这么做。他心里有底，知道它不会那样做的。

波纳米一进入栅栏，吉妮立刻从高台上跳到地面，并朝波纳米跑了过来。它站在波纳米面前，一边起劲地敲打着胸部，一边冲他大声吼叫。波纳米毫不理会，一边打扫着栅栏里的垃圾，一边时不时用眼睛看着吉妮，与它亲切地交谈。其实吉妮这样做不过是装装样子而已，并没有袭击波纳米的意思。波纳米很快便顺利地完成了清扫工作，离开了栅栏。

随后，波纳米对园长说："以后不会有问题了！"可是园长还是心存疑虑："那家伙口碑不好，这次没咬你，是你的运气好。下次你若是贸然进去的话，出了什么事，你可要自己负责，别怪我没提醒你。”

"不会的，您放心好了！"波纳米肯定地说。

从那以后，波纳米经常和吉妮待在一起，他以极大的耐心，花费了大量的时间，与吉妮亲切地交谈。每次去看吉妮时，他都会带些好吃的东西。渐渐地，他们的关系好转了。只要来的人是波纳米，吉妮就会控制自己暴躁的脾气，并开始留意起波纳米的一举一动。当它明白波纳米所做的一切都是在关心它时，便喜欢上了波纳米。

一天，波纳米开玩笑说："现在我们可是朋友了。记得你刚来时，还拿木棍打我的脑袋呢，以后可不许这样做了！"吉妮就像是听懂了似的，走到了波纳米的身边，温顺地让波纳米抚摸它的脑袋。

现在，吉妮对波纳米非常顺从，对他的感情也与日俱增，天天都盼着波纳米来。

可它一见饲养员杰夫，又会立刻变成原来那个性情急躁的猴子。

有时候，波纳米只是偶尔路过，忘记了跟它打招呼，吉妮就会马上跑到笼子前，不停地上蹿下跳，还会撒娇地叫。而且，只要波纳米回过头来看它，并跟它聊上几句，它就十分开心，波纳米也因此感到非常欣慰。

现在，吉妮的性格和生活都与从前大不相同了，它再不是从前那只爱发无名火的令人讨厌的猴子了。现在的吉妮已经变成了一只活泼可爱、令游客喜欢的乖猴子了。

到动物园来玩的游客中，吉妮尤其喜欢女人和小孩，却不喜欢男人。它现在变得既聪明又可爱，大家都非常喜欢它。吉妮所在的动物园是一家移动式动物园，经常要带着园里的动物到各地去展出。每到一个新地方，学校的学生都受邀来动物园观赏动物。这些来的孩子最喜欢看的总是吉妮，因为它最有吸引力。连动物园里的狮子、大象的地位似乎都要比它矮一截呢。因此，饲养科的员工们也都喜欢上了吉妮，他们都说："要想让游客们高兴，还是得靠吉妮。"

吉妮总是留神地观察着游客们的反应，把聚集在栅栏前的游人逗得哈哈大笑。波纳米曾经用粉笔教会了吉妮写字和画画。吉妮就用粉笔在自己的两只后爪上涂抹，然后玩起了走钢丝。吉妮发现在脚上涂画能让游客高兴时，又试着用彩色粉笔在自己的鼻尖上涂抹，这下游客对它就更感兴趣了。吉妮成为动物园里最有人缘的猴子。

当然，最喜欢吉妮的还是波纳米。他由衷地疼爱着吉妮，每次去办公室以前，都要习惯性地绕道去看看它。

一天早晨，波纳米到动物园稍微晚了一些，见吉妮的大铁笼前围满了人，人群中不时发出善意的掌声，就知道一定是吉妮在进行滑稽动作表演，逗观众开心呢。

吉妮现在又学会了其他表演项目，它能抓住栏杆倒立了。它先用两只前爪抓住栏杆，然后把身体倒吊在栏杆上悠闲地摇晃。随后，再从栏杆上一跃而起，用前爪抓住更高的栏杆，再重复做刚才的动作，就这样一次次地向上倒着攀跳，很快就爬到栅栏的最顶部，最后，再重新跳回栏杆的下面。

在吉妮表演时，有一只猴子正背对着观众坐着。这时，一个女人不顾栅栏前"严禁入内"的告示牌的警告，穿过人群，径直跑过去抓住了那只猴子的尾巴。哪知她刚把头伸过去，吉妮便迅速伸出爪子摘下了她的帽子，戴到了自己的头上，惹得游客大声欢呼。一见游客们高兴，吉妮表演得更加卖力了。

看见游客那么高兴，波纳米心里也很快乐，于是，他笑着走进了自己的办公室，打算过一会儿再去看吉妮的表演。

## 四

小孩子不停地往里边扔一些花生，吉妮都用嘴接住了，它已经得到了很多花生，两侧的脸颊都撑得鼓鼓的了，其他的猴子只有干瞪眼的份儿。因为它们现在仍然害怕吉妮，谁也不敢去抢。

过了一会儿，吉妮把头上戴着的那顶女士帽子拿了下来，开始撕扯帽子边缘的花饰。帽子的主人开始大喊大叫，生气极了，但是旁边的人却拍手叫好，他们认为这位女士罪有应得。吉妮见人们这么高兴，便开始翻起筋斗了。

就在这时，悲剧发生了。一个站在栅栏前的男人，突然举起一根带刀的手杖，猛地朝吉妮肚子上刺去。吉妮惨叫着从高处摔了下来。其他的小猴子见状，惊恐万分，尖叫着纷纷爬到了高台上。

前面的游客见吉妮受了伤，纷纷指责那个男人的卑劣行径："你想干什么呀？你怎么能做出这么卑鄙的事呢？""还是赶紧叫饲养员吧，饲养员在哪里啊？""还是叫警察吧！先把那个坏蛋抓起来再说！""怎么回事？发生什么事了？"后面的游客不知道前面发生了什么，拼命地往前挤。

吉妮忍着伤痛，万分悲伤地拖着沉重的脚步，径直走向栅栏的一个角落，然后用两只前爪压着伤口蹲了下去。

听到了外面乱糟糟的叫嚷声，波纳米就知道出事了，于是他立刻跑出来，向游客们询问缘由。游客们便你一言我一语地把吉妮受伤的事告诉了他。波纳米伤心极了，他心爱的吉妮竟然被刺伤了！这时，有一个小男孩冲出了人群，气愤地对波纳米说："我都看见了，刺伤吉妮的是一个拿着带刀手杖的男人。"当波纳米让那个男孩指给他看时，人们才发现那个男人早跑没影了。

吉妮一直蹲在栅栏的角落里。它的两只前爪按着伤口，痛苦地呻吟着。杰夫想进去看看它的伤势，可吉妮看是杰夫时，又马上变得暴躁起来，不让他靠近。

当波纳米想要进去时，园长也赶到了。他劝阻道："波纳米，现在不能进去。吉妮受了伤害，会攻击人的。现在最好别进去！"可波纳米却管不了那么多了，他丢下一句"我会小心的"，便钻到了栅栏里，向吉妮跑去。

吉妮蹲在角落里痛苦地呻吟着，此刻，它的眼神同它刚到动物园时一模一样，凶猛而冰冷，瞳孔里燃烧着愤怒的火焰。

波纳米不慌不忙地蹲下，尽量用亲切温柔的话语安慰它："吉妮，是我，我来看你了。别怕，我是来帮助你的！让我看看你的伤口好吗？"听到波纳米这些温柔而饱含关怀的话语，吉妮的情绪缓和了一些，同意让波纳米检查它的伤口。吉妮的伤口不大，但却很深。波纳米又气又急，如果让他见到那个坏蛋，一定会好好收拾他的！可眼下他只能照顾好吉妮，他用消毒水洗掉伤口周围的淤血，敷上药，然后再包扎好。过了一会儿，吉妮痛苦的呻吟声逐渐降低了，最后终于平静下来了。

可当波纳米打算离开，去做别的工作时，吉妮却又发出撒娇的叫声，试图挽留他，无奈波纳米还有别的工作，非回办公室不可。

第二天早晨，吉妮的伤情一点儿也没见好，因为它把波纳米给它贴的药布撕下来了。波纳米看它的时候，又重新给它上好药并换了新的药布。波纳米责备它说："吉妮，撕药布可不是个好孩子！"吉妮安静地听着波纳米的数落，看着波纳米替它敷药，可是见波纳米转身又要离开时，吉妮就又把药布撕下来了。当然，它又免不了挨批。那时它的表情就像一个犯了错的小孩一样畏缩不安。

可等波纳米重又给它换上了药布，并且走了后，它还是照样撕了下来。

　　波纳米每天都要去看吉妮两次，但吉妮的伤势并未好转，它的伤口肿得更加厉害了。

　　波纳米知道它很难复原了，吉妮大概也非常清楚自己身体的状况。在波纳米没来之前，它就在一旁静静地待着，不时地朝波纳米来的方向看着。可是波纳米来看过它之后，只要一想离开，吉妮就会大吵大闹，不让波纳米走，还总是紧紧抱着波纳米的腿不放。

　　除了波纳米，吉妮对谁都不买账，所以，有的饲养员即使想代替波纳米照顾吉妮，也根本行不通，它会上去咬他们。

　　可波纳米手头还有许多工作要做，想要同时照顾吉妮，就得把吉妮搬到自己的办公室去，于是他把这个想法告诉了园长。

　　可是园长根本就不同意。他说："你的想法太不切实际了，让一只猴子住在工作人员的办公室，我还头一次听说！"可是波纳米没有听园长的，他知道吉妮剩下的时间不多了，他想多陪陪它。就这样，吉妮被抬到了波纳米的办公室。波纳米给吉妮披上了一条毛毯，让它坐在椅子上。吉妮对能待在波纳米的身边感到异常满意，它时不时地把头扭过来看正在工作的波纳米，有时还会兴奋地叫上几声，直到波纳米伸手抚摩一下它的头，提醒它不要这么大声，它才能稍稍安静一会儿。

吉妮一刻也不想离开波纳米。为了在吉妮剩下的日子里多陪陪它，波纳米只好把一些工作暂时委托给别人，并且吃饭的时候也要把饭菜带到办公室来吃。

两三天后，吉妮垂死的迹象更加明显了。任凭波纳米再怎么与它亲切交谈，它的眼睛里也看不到一丝光泽了。于是，波纳米又在办公室里安装了一个小吊床，把吉妮放到上边，这样吉妮能舒服一些。波纳米不时地用手抚摩着它的头。

波纳米的工作非常忙，经常要记账。

为了不耽误工作，他就用左手抚摩吉妮，右手来记账。

一天夜里，波纳米喂过吉妮一些汤之后，吉妮就躺在吊床上睡着了。波纳米想离开办公室一会儿，可他刚转身要走，吉妮便睁开双眼，呻吟着望着他，波纳米只好又返回来陪它。

晚上九点时，吉妮的呻吟声变得均匀而安详。波纳米试着与它交谈，但吉妮却没有任何反应。波纳米赶紧站起身来，轻声问道："吉妮，你想要什么吗？"可吉妮只是紧紧地抓住波纳米的手，它浑身抖得厉害，很快，便不再动了。

吉妮死了。

动物园里有一块空地，专门用来埋葬死去的动物，波纳米把吉妮也埋在了这里。

他找来一块木板做吉妮的墓碑，上面写道："吉妮——我的朋友，世上最可爱的猴子之墓。"当波纳米无意中翻到木板的背面时，发现上面写着"危险"两个大字。那块木板正是吉妮从印度被运来时钉在笼子外面的。

图书在版编目（CIP）数据

麻雀兰迪 /（加）西顿著；庞海丽译 . -- 长春：
吉林出版集团股份有限公司 , 2015.7
（西顿野生动物小说全集）
ISBN 978-7-5534-7914-9

Ⅰ . ①麻… Ⅱ . ①西… ②庞… Ⅲ . ①儿童文学—
短篇小说—小说集—加拿大—现代 Ⅳ . ① I711.84

中国版本图书馆 CIP 数据核字 (2015) 第 142916 号

西顿野生动物小说全集

麻雀兰迪

著　　者 /[加] 欧·汤·西顿
译　　者 / 庞海丽
出 版 人 / 齐　郁
选题策划 / 朱万军
责任编辑 / 孙　婷　　田　璐
封面设计 / 西木 Simo
封面插画 / 西木 Simo
版式设计 / 炎黄艺术
内文插画 / 托　尼
法律顾问 / 刘　畅
出　　版 / 吉林出版集团股份有限公司
发　　行 / 吉林出版集团青少年书刊发行有限公司
地　　址 / 吉林省长春市人民大街 4646 号
邮政编码 / 130021
电　　话 / 0431-86037607
印　　刷 / 三河市燕春印务有限公司
版　　次 / 2015 年 7 月第 1 版
印　　次 / 2018 年 7 月第 4 次印刷
开　　本 / 880mm×1230mm　1/32
印　　张 / 5.25
字　　数 / 71 千字
书　　号 / ISBN 978-7-5534-7914-9
定　　价 / 27.00 元